Clifford Chatterley

# Polyamorie

oder

## Das Leben ist kein Ponyhof

AF236024

Clifford Chatterley

# Polyamorie

## oder

## Das Leben ist kein Ponyhof

Bibliographische Information der deutschen Nationalbibliothek:

Die deutsche Nationalbibliothek verzeichnet diese Publikation in der Deutschen Nationalbibliografie; detaillierte bibliografische Daten sind im Internet über http://dnb.dnbde abrufbar.

Herstellung und Verlag:

BoD – Books on Demand, Norderstedt

ISBN: 9783752662306

# Inhalt

# Vorwort

Es gibt wohl wenige Aspekte der Erotik, die die Phantasie so vielfältig anregen wie das Thema Polyamorie. Mehr als zwei Menschen gehen miteinander eine Liebesbeziehung ein. Doch wo sind die Grenzen zu Promiskuität, Betrug, Beliebigkeit?

Begleiten Sie Silke, die Besitzerin eines Reiterhofes, ihre Tochter Kerstin und ihren Lover Lars auf ihren amourösen Abenteuern irgendwo an der wild-romantischen Ostseeküste.

# Prolog

## Ein Frühsommermorgen an der Ostsee

Silkes flachsblondes Haar flog in der frischen Brise, die von der Ostsee her über das flache Land wehte. Der Wind brachte das dürre hohe Gras zum Rascheln, das oberhalb des feuchten Sandstrandes den Streifen Küste bedeckte, den sie auf dem Rücken ihres schwarzen Hengstes Darius entlang galoppierte. Die Hufe des Tieres hinterließen deutliche Abdrücke im feuchten Sand, als es scheinbar immer dem Schatten verfolgte, den die eben in ihrem Rücken aufgehende Sonne auf den menschenleeren Strand warf. Es war kühl, Silke fröstelte ein wenig in ihren Denim-Shorts und ihrem dünnen weißen T-Shirt, das sich über ihre noch immer mädchenhaft festen Brüste spannte. Sie liebte das geile Gefühl, als die Kälte und die leichte Reibung des Stoffes ihre Nippel steif und hart werden ließ.

Silke zügelte Darius in einen flotten Trab, als sie das Pferd auf einen schmalen Pfad lenkte, der vom Strand ins Landesinnere führte. Sie hielt sie sich mühelos im Sattel, als es den kurzen Anstieg über die Böschung nahm und dann entlang eines schmalen Kanals am Rain einer üppiger bewachsenen Wiese weiterlief. In der Ferne tauchten die verstreuten Gebäude eines weitläufigen Gehöftes in der ansonsten einsamen Landschaft auf. Die Enddreißigerin, die auf dem Hof aufgewachsen war und schon auf Pferden gesessen hatte, bevor sie richtig laufen konnte, verschwendete keinen Gedanken an das Reiten und ließ ihren Blick über die raue, karge Landschaft ihrer Heimat schweifen. Sie liebte den frühen Morgen, sie liebte das spezielle Licht, in das die Morgensonne die alten Bäume und die ebenso alten Gebäude tauchte.

Spontan lenkte sie das Tier von dem schmalen unbefestigten Weg, der in einer weiten Kurve zum Hoftor führte, nach rechts in die Wiese und trieb es wieder in den Galopp, quer über das hohe Gras und auf die niedrige Hecke zu, die das Areal des Hofes vom umliegenden Land abgrenzte. Mühelos nahm der Hengst den Sprung und landete zwischen zwei alten Obstbäumen auf der Wiese, die hinter einem der Nebengebäude lag, dem ehemaligen Verwalterhaus. Sie zügelte das schwitzende Tier zum Schritt, tätschelte seinen Hals und ließ die Zügel dann lang hängen.

Viel hatte sich hier auf dem Hof verändert, seit sie vor einigen Jahren Lars kennengelernt hatte. Sie dachte an die wechselvollen Jahre davor zurück, während Darius die paar hundert Meter im Gras neben dem geschotterten Fahrweg entlang zurück zum Haupthaus und den Stallungen trottete. Silke hatte ihre Tochter Kerstin früh bekommen, zum Kindesvater aber nie eine nähere Beziehung gehabt. Nach dem Gymnasium ohne eigentliche Berufsausbildung, hatte sie sich damals entschlossen, ihr Leben ganz den Pferden und der Reiterei zu widmen, und am Hof ihrer Eltern unter großen Mühen einen kleinen, aber feinen Reitstall aufgebaut, mit dem sie sich mehr schlecht als recht über Wasser gehalten hatte. Erst als der Hamburger Architekt Lars hier mit seiner zehnjährigen Tochter aufgetaucht war, um dieser die Freuden des Reitens näherzubringen, hatte sich Silkes Leben schlagartig verändert. Zwar hatte die Tochter weder Talent noch Interesse für das Reiten aufgebracht, aber dafür interessierte sich der geschiedene Lars umso heftiger für die ansonsten so verschlossene Besitzerin des Reitstalls. Bald waren die beiden ein Paar, und ebenso bald hatte sich Lars in den etwas heruntergekommenen Hof mit seinen vielen leerstehenden Gebäuden verliebt. Etwas später war der Plan gereift, einige davon zu renovieren und dauerhaft zu vermieten. Lars hatte die notwendigen Investitionen finanziert, dafür teilten sich die beiden die Mieteinnahmen, das Ganze war vertraglich sauber und auch für den Fall geregelt, dass die beiden sich trennen würden. Das ehemalige Gesindehaus war voriges Jahr fertig geworden und seitdem fix vermietet, hier am Verwalterhaus standen die

Arbeiten vor dem Abschluss, bald würden auch hier Mieter einziehen, und Silke war damit ihre finanziellen Dauersorgen auf einen Schlag los und konnte sich unbeschwert dem weiteren Ausbau ihres Reitstalles widmen.

Als sie auf Darius in den Hof vor den Stallungen einbog, erwartete sie schon Uwe, der Tierpfleger und Reitlehrer, der ständig auf dem Anwesen lebte. Der Blick, das Lächeln, mit dem er auf ihr „Moin moin" reagierte, ließ sie angenehm schaudern. Uwe mochte auf die 30 zugehen, ein groß gewachsener kräftiger Mann mit markantem, bereits wettergegerbtem Gesicht und kurzem dunklen Haar. „Moin moin, Scheffin", antwortete er mit einem Grinsen, das an der Grenze der Schicklichkeit lag. Er übernahm die Zügel und hielt das Tier ruhig, während sie sich elegant aus dem Sattel schwang. „Geile Zeit fürs Reiten, nicht wahr", setzte er nach und ließ seinen Blick ungeniert über Silkes T-Shirt schweifen, durch das sich ihre immer noch steifen Nippel deutlich durchdrückten. „Ja, Zeit, noch ein bisschen ins Heu zu kriechen", antwortete sie, tätschelte Darius ein letztes Mal den Hals und gab ihm eine Karotte, die Uwe ihr zugereicht hatte. Während sie es ihm überließ, das Tier abzusatteln, schlenderte sie ohne Eile in Richtung der großen Halle, die neben den Stallungen lag. Als sie eintrat, umgab sie augenblicklich der Duft des hier eingelagerten Heus, zum größeren Teil in fest gepressten Ballen, aber zum kleineren Teil auch offen in einem separaten, von halbhohen Holzwänden abgegrenzten Abteil, wo das trockene Gras in einem abfallenden Berg von vielleicht anderthalb Metern Höhe abfallend zur Entnahme gelagert war.

Silke musste nicht lange warten. Sie blickte sich nicht um, als Uwes hart zupackende Arme sie von  hinten umfassten und ihren schlanken, fragilen Körper fest gegen den seinen pressten. „Au", stöhnte sie lustvoll, als seine Hände unter ihr T-Shirt fassten und ihre Nippel ohne Vorwarnung fest packten und drehten. Sie hörte, wie Uwe die Luft scharf einsog. „Du stinkst nach Pferd, Stute", sagte er mit rauer Stimme. „Das macht mich geil." Silke lehnte sich gegen Uwes starken Körper, als dessen rechte Hand von ihrem Nippel abließ und von vorne in ihre Shorts glitt. Die Knöpfe der engen Levis 501 Cutoffs sprangen der Reihe nach auf, als seine Hand sich fordernd tiefer drängte, hart nach ihrer blanken Scham griff und ihr einen Finger tief in die bereits nasse Spalte drängte. „Kein Wunder nach dem Reiten", konnte sie nur noch keuchend zurückgeben, bevor er kurz von ihr abließ, sie mit hartem Griff gekonnt an Gesäß und Rücken packte und mit einer fließenden, genau kalkulierten Bewegung auf den Heuberg warf, auf dem sie rücklings zu liegen kam. Sie schaute lüstern zu ihm auf. „Runter mit dem Fummel, wenn du einen Schwanz willst, Stute", kommandierte er, während er sich vor ihr hinstellte, in aller Seelenruhe seine eigenen Jeans öffnete und auf den Boden fallen ließ. Silke starrte gebannt auf den mächtigen, bereits erigierten Schwanz, während sie versuchte, ihre offenen Shorts einigermaßen elegant über ihre langen schlanken Beine abzustreifen.

Sie machten sich beide nicht die Mühe, ihre Oberkörper freizumachen. Uwe kam in seinem rot-schwarz karierten Hemd über sie und rieb seinen Schwanz an ihrer Spalte. „Mach schön breit, Stute", sagte er grinsend, während er mit seinen Händen ihr Top hochschob und ihre Brüste hart packte. „Jetzt mach schon und fick mich endlich", keuchte sie und öffnete ihre Beine weit, ihre sauber ausrasierte Scham klaffte vor seinem Schwanz weit auf. Uwe schaute ihr genau in die Augen: „Sag bitte, Stute." Er grinste, er wusste, dass er sich damit an die Grenze dessen begab, was sie von ihm, Arbeiter auf ihrem Hof, tolerieren würde. Doch sie schien geil, zu geil, um das Spiel um Macht und Dominanz abzubrechen. Sie funkelte ihn eine Weile mit einer Mischung aus Wut und animalischer Lust an, bevor sie ein raues, keuchendes „Bitte" hervorstieß. Uwe wusste genau, wann es genug war, und er wusste auch genau, was Silke wollte. Also griff er fester nach ihren Brüsten und drang dann mit einer einzigen gekonnten, fließenden Bewegung tief in ihre nasse Grotte ein. „Auuuuuuuuu, du Schuft", schrie sie, doch er kümmerte sich nicht darum und begann sie mit langsamen, langen Stößen zu nehmen.

Silke machte seine harte, schnörkellose Art, sie zu ficken, einfach nur geil. Doch das Spiel zwischen ihnen war ein stetiger Grenzgang. Die Lust daran, sich ihm als devote Stute hinzugeben, konnte nicht darüber hinwegtäuschen, dass sie die Chefin des Gestüts und er einfacher Arbeiter auf ihrem Gut war. Doch gleichzeitig reizte sie genau das an dem Spiel mit ihm: Die Signale, die sie aussandte, der zeitweilige Machtwechsel, danach die Rückkehr zur Normalität. Sie lehnte sich ins Heu zurück, ließ sich einfach von ihrer Geilheit treiben, genoss die Orgasmen, die er ihr bereitete, bis …

Sein Samen klebte auf ihrer Vulva, lief aus ihrer immer noch weit gespreizten Spalte, blieb zäh an Schenkeln und Gesäß haften. Er hatte sich von ihr zurückgezogen, sie benutzt liegenlassen. Sie beobachtete, wie er mit ruhigen bestimmten Bewegungen seine Jeans wieder anzog, griff sich dann ein Büschel Heu und beseitigte die gröbsten Spuren, bevor sie mit den Resten von Eleganz, zu denen sie mit immer noch weichen Knien fähig war, nach ihren Shorts griff und wieder hineinschlüpfte. Immerhin ließ er sich dazu herab, ihr die Hand zu reichen und ihr wieder auf die Beine zu helfen. Ein letztes Funkeln der Augen, ein letzter Austausch von Blicken, dann war plötzlich wieder alles sehr geschäftsmäßig. „Schau bitte, dass die Ponys um zehn gesattelt sind, Antje hat einen Ausritt mit neun oder zehn Kindern. Bahnstunden um neun und um elf, je sechs Teilnehmer, Dressur Anfänger und Fortgeschrittene. Und halte bitte nach Möglichkeit die erfahrenen Stuten zurück, wir haben bereits einige Reservierungen für individuelle Ausritte. Die Liste liegt im Büro." Uwes Ausdruck wechselte augenblicklich zum Geschäftsmäßigen. „Jeht klar, Scheffin", antwortete er, drehte sich um und verließ die Halle. Als sie wenig später über den Hof Richtung Haus ging, stand er mit unbeteiligtem Blick in der Morgensonne und rauchte eine Zigarette. Ja, dachte sie, das hat immer geklappt, es wird heute auch klappen.

Als Silke in die geräumige Wohnküche des Hauses kam, war sehr zu ihrem Erstaunen ihre Tochter Kerstin schon wach und saß über Kaffee und Marmeladenbrötchen am großen Esstisch. Silke straffe ihren Rücken: Sie sah aus, wie sie nun mal aussah, den Pferdegeruch und den Geruch nach Mann am Körper, Reste des Heus im Haar, und es gab nichts, was sie zur Verbesserung der Situation beitragen konnte. „Moin, moin", sagte sie daher fröhlich in Richtung ihrer Tochter, die nur kurz vom Tisch aufblickte. Kerstin war 19, äußerlich und innerlich ein Ebenbild ihrer Mutter. Ein Faktum, mit dem Silke zu kämpfen hatte, seit Kerstin pubertiert hatte und zwischen den beiden ein gleichberechtigtes, aber auch schonungslos offenes Verhältnis erzwungen hatte. Wenn es auch zwischen den beiden immer wieder mal krachte: Sie wussten, dass sie einander blind vertrauen konnten, wenn es darauf ankam, und Silke schätzte insgeheim die absolute Ehrlichkeit und Geradlinigkeit ihrer Tochter. Auch wenn sie manchmal schwer zu nehmen war, so wie jetzt. „Gibt es eigentlich irgendwas, was dir peinlich wäre, Silke?", fragte Kerstin und rümpfte ostentativ ihre Nase, statt den morgendlichen Gruß zu beantworten. „Wenn ich so wenig Takt hätte wie du, Liebling", gab diese schlagfertig zurück. Kerstin ignorierte die Spitze. „Uwe?", fragte sie stattdessen nach. „Ein anderer Schwanz ist um die Zeit wohl noch nicht munter." „Jetzt lass mal gut sein, wenn du darauf Wert legst, dass ich erst dusche und mir dann erst meinen Kaffee nehme", gab Silke grinsend zurück. „Und nur kein Neid, Kind."

Mit diesen Worten drehte Silke sich um und machte sich auf den Weg ins Badezimmer. Nicht dass sie das mit dem Neid ernst gemeint hätte: Sie hatte zu akzeptieren gelernt, dass ihre Tochter an Männern keinerlei Interesse zeigte und nach dem Abitur ihre Zimmerkollegin aus Gymnasialzeiten hier angeschleppt hatte, allem Anschein nach, um nicht immer in ein ungewärmtes Bett kriechen zu müssen. Nun, wenigstens würde Kerstin auf diese Art nicht ungewollt schwanger werden. Silke verscheuchte diese Gedanken, als sie sich unter den warmen Strahl der riesenhaften Regenwaldbrause stellte, die sie sich in ihrem Badezimmer hatte installieren lassen.

Als sie eine halbe Stunde später zurück in die Küche kam, war Kerstin verschwunden. „Auch gut", dachte sie und setzte sich allein mit dem Kaffee an den Tisch. Es würde wohl bis zum späten Nachmittag der letzte ungestörte Augenblick sein, ein harter Arbeitstag lag vor ihr.

\*

Hendrik stand am Fenster eines der Zimmer der geräumigen Wohnung im Parterre des ehemaligen Gesindehauses, die er mit seiner Frau Sue gemietet hatte, und beobachtete unbemerkt das Treiben auf dem Hof. Hendrik war ein kleiner, gedrungen gebauter Mann, trotz seiner nur 35 Jahre war sein helles Haar bereits schütter, und er zeigte mehr als nur den Ansatz eines Wohlstandsbauches. Trotzdem konnte man ihn nicht als unattraktiv bezeichnen, hinter einer Nickelbrille blickte er mit zwei wachen, blaugrauen Augen in die Welt. Der Hufschlag des Pferdes hatte ihn geweckt, auf dem Silke von ihrem morgendlichen Ausritt zurückgekommen war. Hendrik hatte die Nacht auf dem Sofa seines Arbeitszimmers verbracht, nachdem seine Frau Sue ihm eröffnet hatte, sie werde die Nacht im ehelichen Schlafzimmer mit Lars zubringen.

Nicht, dass das ein Problem für ihn gewesen wäre. Er hatte mittlerweile gelernt, mit der offenen Viererbeziehung ganz gut zurechtzukommen, in der sie seit ihrem Einzug hier auf dem Hof mit Lars und Silke lebten. Es waren halt Nächte wie diese, die ihm vor Augen führten, dass die Freiheit, die er seitdem genoss, keine Einbahnstraße war und er auch damit leben musste, einmal nicht zum Zug zu kommen, während sich seine Partner und Partnerinnen anderweitig vergnügten. Einen kleinen Stich gab es ihm natürlich schon, dass Silke seine Avancen gestern Abend abgelehnt hatte und sich jetzt so bereitwillig von diesem groben Pferdeknecht nehmen ließ wie eine Dienstmagd. Doch im Großen und Ganzen betrachtete er die Situation als wesentliche Verbesserung, vor allem musste er seine gelegentlichen Affären jetzt nicht mehr vor Sue geheim halten.

Hendrik wandte sich ab, als Silke schließlich im Haupthaus des Hofes verschwand, ohne sich auch nur der Mühe zu unterziehen, das überall anhaftende Heu aus Kleidung und Haar zu entfernen. Hendrik war von dieser eigenwilligen, oft verschlossenen, aber sehr selbstbewussten Frau immer wieder fasziniert, doch er fürchtete wohl zu Recht, dass er damit nicht alleine war auf der Welt. Doch war Silke nicht grundsätzlich abgeneigt, sich immer wieder auch mit ihm einzulassen, zwischen den beiden hatte sich mit der Zeit eine spezielle sexuelle Beziehung eingespielt, in der weibliche Dominanz eine nicht unwesentliche Rolle spielte. Umso erstaunter war Hendrik immer wieder, wie bereitwillig sie mit Uwe auf die andere Seite des Spektrums wechselte.

Frauen, dachte Hendrik, als er seinen Morgenmantel vom Boden aufhob, hineinschlüpft und sich auf den Weg in die Küche machte, um der Espressomaschine einen Kaffee zu entlocken.

Hendrik war überrascht, Lars in der Küche anzutreffen, der sich ebenfalls an der Kaffeemaschine bediente. „Moin, moin", murmelte er und suchte derweil eine Tasse aus der Spülmaschine heraus, in dem noch das mittlerweile gewaschene Geschirr des Vortages darauf wartete, wieder in die Kästen geräumt zu werden. „Moin, moin", antwortete Lars und musterte Hendrik mit einem dieser „du weißt schon, dass ich gerade deine Frau gefickt habe"-Blicke, die diesen immer noch irritierten. Lars, ein groß gewachsener, schlanker Mittvierziger, stand in Shorts und T-Shirt an der Kaffeemaschine, sein dunkles, kurz geschnittenes Haar zeigte an den Schläfen schon deutliches grau. „Gut geschlafen, Hendrik?", frage er, als er seine Kaffeetasse von der Maschine nahm und sich an den Küchentisch setzte. „Sue schläft noch", setzte er nach, ohne auf Hendriks Antwort zu warten. „Aber ich muss gleich los. Probleme auf einer meiner Baustellen, und die kennen keinen Sonntag, da wird 24/7 durchgearbeitet."

Hendrik wählte in Ruhe seinen Kaffee, bevor er antwortete. „Ja, danke der Nachfrage, nur deine Frau hat mich mit ihrem Hufgeklapper geweckt. Uwe schien sie bereits zu erwarten." Er freute sich daran, dass Lars wenigstens einen Augenblick lang seine Züge entglitten, bevor er sich wieder gefasst hatte. „Ja, sie liebt es, in der Früh auszureiten. Und mit Uwe hat sie einen verlässlichen Pferdepfleger an der Hand. Selten heutzutage." „Ja, und einen hervorragenden Bereiter", antwortete Hendrik, während er sich mit seinem Kaffee Lars gegenüber an den Küchentisch setzte. Doch diesmal war dieser besser gewappnet und ignorierte die Bemerkung gekonnt. Er trank stattdessen seinen Kaffee aus, stand dann auf, stellte die Tasse in die Spüle und drehte sich dann noch einmal zu Hendrik um. „Ja, wie gesagt, ich muss los. Habt einen netten Tag, ich werde kaum vor dem Abend wieder zurück sein. Scheinen gröbere Probleme zu sein, sonst hätte sie der Polier wohl ohne mich lösen können." Damit verließ er grußlos die Küche.

Hendrik lächelte in sich hinein. Auch wenn er Lars vielleicht rein körperlich nicht das Wasser reichen konnte: Dessen kühle, oft nassforsche Art war auch nicht jedermanns Sache. Oder jederfraus, um es auf den Punkt zu bringen. Hendrik war im Gegensatz zu ihm ein gutmütiger, friedfertiger Mensch, der sich nicht gerne in den Vordergrund drängte, aber ein guter Zuhörer mit viel Empathie war und bisweilen, wenn er gut drauf war, einen beneidenswerten Humor entwickelte. Und Hendrik spielte ganz leidlich Klavier. All das erlaubte es ihm, auf seine Weise bei vielen Frauen gut anzukommen und auch immer wieder beachtliche Erfolge zu landen. Und darauf kam es schließlich an, oder nicht?

Er wartete noch eine Weile, nachdem er Lars Wagen vom Hof fahren gehört hatte. Dann stand er auf, nahm noch eine frische Tasse aus der Spülmaschine und drückte einen weiteren Kaffee herunter. Mit diesem in der Hand ging er den Flur hinunter in Richtung des ehelichen Schlafzimmers. Er hatte nicht falsch geraten: Die Türe stand offen, seine Frau Sue war wach, saß im Bett und blätterte auf einem Tablet Computer in der Morgenzeitung.

Hendrik blieb eine Weile einfach im Türrahmen stehen und beobachtete seine Frau. Auch sie war im Vergleich zu der gertenschlanken Silke ein wenig fülliger, ihr rundes Gesicht wurde von dunklen, leicht gewellten Haarsträhnen eingerahmt, die im Augenblick ein wenig wirr in alle Richtungen herunterhingen. Er fing einen warmen, liebevollen Blick ihrer dunklen Augen auf, als sie ihn bemerkte und mit dem unnachahmlichen Lächeln begrüßte, das er an ihr so liebte.

Hendrik konnte und wollte sich nicht dagegen zur Wehr setzen, wie sehr ihn die Situation gerade erregte. Im Raum hing noch deutlich der Geruch der Liebesnacht, die seine Frau ganz offensichtlich genossen hatte. Er ging also langsam in den Raum, stellte die Kaffeetasse auf den Nachttisch auf Sues Seite, beugte sich dann über sie und küsste sie zärtlich auf die Lippen, die noch leicht salzig schmeckten. „Moin moin, Liebling", flüsterte er. „Moin moin, Schatz", kam es zurück. Sue legte den Tablet Computer zur Seite und legte ihrem Mann zärtlich die Arme um den Hals. Sie öffnete ihre Lippen leicht, bot ihm ihre Zunge an, bald waren die beiden in einem langen und intensiven Kuss vereint. Hendrik spürte, wie sein Körper mit einer Woge von Begehren reagierte, als Sue einen ihrer Arme von seiner Schulter nahm, den Gürtel seines Morgenmantels löste, mit der Hand zärtlich über seinen Unterbauch streichelte und dann seinen erigierten Penis sanft zu stimulieren begann.

Er schaute ihr kurz in ihre Augen, es brauchte hier keine Worte mehr. Es ließ seinen Bademantel zu Boden gleiten, ging um das breite Bett herum und schlüpfte zu Sue unter die Decke. Ihr warmer nackter Körper schmiegte sich an ihn, ihr Kopf ruhte auf seiner rechten Schulter, als er sie zärtlich umfasste und ihre weiche Haut zu erforschen und liebkosen begann. Zärtlich glitten seine Finger erst über einen ihrer Nippel, der sich unter seiner Berührung augenblicklich wieder zu versteifen begann. Er küsste sie wieder, ließ dabei seine Hand über ihren Busen und Bauch in Richtung ihrer Vulva gleiten, spielte ein wenig in dem sorgfältig getrimmten Büschel des dunklen Schamhaares, das sie wie zum Trotz gegen den allgemeinen Trend zur Totalrasur stehen ließ. Sie spreizte bereitwillig ihre Beine, als seine forschende Hand tiefer drängte und zärtlich über ihre nasse Spalte strich.

Hendrik hatte im letzten halben Jahr gut gelernt, mit den widersprüchlichen Gefühlen umzugehen, die eine solche Situation in ihm auslöste. Der Gedanke, dass es wohl kaum eine halbe Stunde her war, dass Lars Schwanz sich in sie ergossen hatte, erzeugte in ihm eine wohlige Mischung aus Abscheu und starker Erregung. Sue räkelte sich eine Weile genüsslich unter seinen vertrauten Berührungen, bevor sie sich ein wenig zu ihm drehte, ihn lüstern ansah und die bereits erwartete Frage stellte: „Na, noch Lust auf deine Frau?" „Ja klar, immer doch", antwortete Hendrik mit leicht belegter Stimme. „Na dann, du kennst die Spielregeln", sagte sie, und ihre Augen blitzten dabei vor Geilheit und Vergnügen. Hendrik ließ kurz von ihr ab, er wusste, was jetzt erwartet wurde. Er legte sich also bäuchlings zwischen ihre weit gespreizten Beine. Der unvergleichlich intensive Geruch, der ihn augenblicklich umfing, raubte ihm beinah die Sinne. Dennoch begann er ergeben die nassen Spuren abzulecken, die noch an ihren Oberschenkeln, ihrer Vulva und ihrem Schamhaar klebten, bevor sie ihm gestattete, mit seiner Zunge erst ihre Klitoris zu lecken und dann tief in ihre Spalte einzudringen. Ihre Hand lag auf seinem Kopf und führte ihn zärtlich, genoss das gekonnte und geduldige Spiel seiner Zunge, bevor sie ihn schließlich mit den Worten „genug, jetzt fick mich" freigab.

Sie wusste, was er jetzt gern mochte. Sie wartete, bis er auf sie geglitten und zärtlich in sie eingedrungen war. Hendrik war beim Liebesspiel niemals fordernd, auch jetzt waren seine Stöße langsam, er schien ganz darauf konzentriert, ihren, Sues, Empfindungen nachzuspüren und ihr Lust zu bereiten. Sie ließ sich also eine Weile einfach treiben, bevor sie mit ihren Händen nach seinen Nippeln griff und damit begann, zärtlich an seinen Brustwarzen zu spielen. Er begann nahezu augenblicklich, heftig zu keuchen, es war, als würden diese erst zärtlichen, dann ein wenig härteren Berührungen seiner Lust Bahn brechen. Seine Stöße wurden jetzt härter, fordernder, und es dauerte nicht mehr lange, bis das Ehepaar in einem nahezu gleichzeitigen langen und intensiven Orgasmus miteinander verschmolz.

Nachdem Hendrik von Sue wieder heruntergerollt war, lag sie noch lange wortlos in seinem Arm, die beiden spürten einfach der Intimität des gerade Erlebten nach. Es war schließlich Hendrik, der Sue wieder freigab und mit den Worten „Guten Morgen, Liebling, dein Kaffee wird kalt" den magischen Bann der Situation brach. Sue setzte sich auf und nahm einen Schluck. „Zu spät", sagte sie dann, „aber das war es wert, mein Gemahl. Gehen wir dann frühstücken?"

\*

Antje schreckte aus ihrem Dämmerschlaf auf, als das Mobiltelefon auf ihrem Nachttisch unbarmherzig die Melodie des Weckers zu spielen begann. Halb zehn, noch eine halbe Stunde bis zur Kinderreitstunde. Sie streichelte Kerstin sachte über den Rücken, die eng an sie geschmiegt neben ihr in ihrem bequemen Doppelbett lag. Als diese schläfrig die Augen öffnete, gab Antje ihr einen zärtlichen Kuss auf den Mund: „Liebling, ich würde gern den ganzen Tag hier mit dir verbringen, aber ich muss leider arbeiten gehen. Erst die Kinderreitstunde, und danach braucht mich deine Mama im Haus." Kerstin seufzte. „Ich sag es dir doch immer wieder, das hier ist keine Dauerlösung für dich. Du bist jung, hast Abi und bist intelligent, warum verschwendest du dich hier als Silkes Mädchen für alles?"

„Ach Schatz, du bist doch auch hier, und wo soll ich denn sonst hin? Und du steckst doch auch hier fest, weil es mit deinem Studienplatz bis jetzt noch nicht geklappt hat. Ich bin halt nicht die Tochter der Chefin, die hier für mau ein bequemes Auskommen hat." Damit machte sich Antje von Kerstin los, stieg aus dem Bett, griff sich ihren Bademantel und war einen Augenblick später in Richtung des Badezimmers verschwunden, das sie im ersten Stock des Gesindehauses mit Uwe teilte. Kerstin sah ihr nachdenklich nach. Sie war es schließlich selbst gewesen, die ihre intime Freundin Antje nach dem Abitur hier hergeholt und bei ihrer Mutter durchgesetzt hatte, dass diese sie am Hof beschäftigte. Antje war Vollwaise; sie hatte das Glück gehabt, dass sie nach Ende ihrer Pflichtschulzeit als Stipendiatin an dem teuren Privatgymnasium untergekommen war, das auch Kerstin besucht hatte. Und es war ein ebenso glücklicher Zufall gewesen, dass die beiden Mädchen vier Jahre lang ein Zimmer im Internat geteilt hatten.

Fast ein Jahr lang lebten sie beide nun schon wieder auf dem Hof. Silke hatte gegen die sture Kerstin keine Chance gehabt, schließlich hatte diese akzeptiert, dass ihre Tochter eine Frau liebte und sie diese Frau hier am Hof beschäftigen musste, damit Kerstin sie um sich haben konnte. Zumindest zu lange, bis die beiden herausgefunden hatten, was sie weiter mit ihrem Leben anfangen wollten. Doch es wurde Zeit: Kerstin wusste zwar, dass ihre Mutter noch nie ein Kind von Traurigkeit gewesen war, aber seit dieser Lars hier aufgetaucht und wenig später seine sehr speziellen Freunde angeschleppt hatte, schienen alle Dämme gebrochen zu sein: Auf dem Hof hurte jede mit jedem, anders konnte Kerstin das insgeheim kaum ausdrücken.

Und dass Antje, die nebenher immer auch Schwänze brauchte, sich in Ermangelung einer besseren Alternative von dem selben Uwe ficken ließ, der ihre Mutter heute Morgen ins Heu geworfen hatte wie eine gewöhnliche Magd, machte die Sache auch nicht besser. Zeit, dass all diese Probleme einer Lösung zugeführt wurden, sie würde sich wohl intensiver damit beschäftigen müssen.

Doch Kerstin ließ sich nichts anmerken, als Antje wieder in ihr Zimmer zurückkehrte und hastig die Reitsachen zusammensuchte. Sie begegnete deren fragenden Blick mit einem strahlenden Lächeln: „Alles okay, Schatz", ermunterte sie ihre Freundin. „Es ist dein Leben, und ich bin froh, dass ich dich hier um mich habe. Aber jetzt schau, dass du rauskommst, die Kiddies wuseln schon auf dem Hof herum. Ich warte hier im Bett, bis du fertig bist, um dir nicht im Weg herumzustehen. Wir sehen und dann heute Abend wieder, Schatz?"

Kerstin konnte förmlich spüren, wie erleichtert ihre Freundin war, dass sie das Thema wieder fallen hatte lassen. Flugs war Antje in Reithose, Stiefeln und einem der Sweater, die so typisch für ihr schlichtes, meist sonniges Gemüt waren: Es zeigte ein lachendes Mädchen auf einem lachenden Pferd, alles im Stil eines Cartoons. Sie kam rasch noch einmal zum Bett, in dem Kerstin immer noch herumflätzte, beugte sich über sie und gab ihr einen dicken Kuss auf den Mund: „Du weißt gar nicht, wie sehr ich dich liebe, Große. Ich freue mich auf heute Abend." Damit war sie auch schon aus dem Zimmer gehuscht, zwei Minuten später konnte Kerstin ihre Stimme hören, als sie die Kinder begrüßte und in den Ponystall beorderte.

# Ein halbes Jahr davor ...

Der Wagen einer Installationsfirma kam ihnen gerade entgegen, als Hendrik und Sue in ihrem unauffälligen silbergrauen Mittelklassewagen in die Hofeinfahrt einbogen. Der große Umzug war geschafft, es war bereits alles an seinem Platz, heute waren hoffentlich noch die letzten Kleinigkeiten erledigt worden, und heute war der große Tag, wo die beiden das erste Mal in ihrem neuen Zuhause übernachten würden. Gerade noch rechtzeitig, der Mietvertrag ihrer kleinen Wohnung in dem nichtssagenden Wohnblock eines ebenso nichtssagenden Vorortes von Hamburg würde in ein paar Tagen ablaufen. Ein neuer Lebensabschnitt sollte beginnen.

Hendrik war anfangs nicht sonderlich begeistert gewesen. Ja, die Lage an der Ostsee war gewiss toll, aber siebzig bis neunzig Minuten pendeln jede Richtung, und das täglich, das stellte er sich schon eher belastend vor. Doch Sue hatte ihn mit Beharrlichkeit dazu gebracht, schließlich der Übersiedlung doch zuzustimmen. „Drei Zimmer, mitten im Grünen, um 600 warm, das ist weniger als wir jetzt für unsere zwei Zimmer bezahlen. Sieh es doch positiv: Du bekommst ein eigenes Arbeitszimmer nur für dich, und wir ziehen zu Freunden und finden dadurch auch viel leichter Anschluss als irgendwo in der Anonymität des Speckgürtels."

Das mit den „Freunden" war auch so ein Punkt: Vermittler des ganzen war ein gewisser Lars, ein Architekt, der dem Vernehmen nach seit einiger Zeit mit der Besitzerin des Hofes liiert war. Sue war eher vage geblieben, woher sie diesen Lars kannte, doch die beiden waren bereits beim ersten Treffen per du. „Gilt natürlich für dich auch, Hendrik, Sues Freunde sind meine Freunde", hatte dieser Lars Hendriks Irritation nonchalant überspielt. „Ich kenne ihn aus meiner Studentenzeit, mein Gott, das ist ewig her", hatte Sue schließlich mit der Wahrheit herausgerückt. Oder zumindest mit dem Teil der Wahrheit, der ihr zu diesem Zeitpunkt passend erschienen war. Alles zu seiner Zeit, hatte sie damals gedacht, erst mal muss ich ihn da hinaus bringen. Den Rest verkaufe ich ihm dann schon.

Der Wagen hielt vor dem linker Hand gelegenen Gebäude. Ehemals das Gesindehaus des Hofes, hatte Lars aus den ebenerdigen Räumen durch eine großzügige Renovierung eine schmucke Dreizimmerwohnung geschaffen. Ein eigener Eingang sicherte die nötige Privatsphäre, im ersten Stock befanden sich nach wie vor einzelne Zimmer, die dem Personal des Hofes zur Verfügung standen. Dem Vernehmen nach ein Tierpfleger und Reitlehrer und eine junge Frau, die in Haus und Hof aushalf und nebenher Kinderreitstunden gab. Silke, die Partnerin von Lars, kam vom Wohnhaus, das auf der anderen Seite des Hofes lag, und begrüßte sie herzlich. „Jetzt ist der endlich da, der große Tag", strahlte sie die beiden an. „Herzlich willkommen in eurer neuen Heimat. Lars lässt sich für heute entschuldigen, er hat noch beruflich in Hamburg zu tun. Aber ich darf euch bei der Gelegenheit gleich ganz herzlich für morgen Abend zu uns einladen. Ich werde für euch kochen, wir haben viel Gelegenheit zu plaudern, und wenn ihr möchtet, können wir den Abend dann in unserer Sauna ausklingen lassen. Aber jetzt nehmt doch erst mal euer neues Zuhause in Besitz."

Sie reichte Sue einen Ring mit drei Schlüsseln. „Hier die Schlüssel zur Wohnung. Sue, es ist jetzt deine Sache, uns aufzuschließen und hereinzubitten. Du bist ab jetzt hier die Hausfrau." Sue lächelte, als sie die Schlüssel entgegennahm und die Haustür aufschloss. „Antje hat hier nach den Handwerkern auch noch einmal sauber gemacht, ich hoffe, der Installateur hat heute nicht zu viel Unordnung hinterlassen". Doch es schien alles tipptopp in Ordnung, auch auf Hendriks Gesicht zeigte sich ein zufriedenes Lächeln. Vielleicht war das ganze doch nicht so eine schlechte Idee gewesen. „Aber jetzt lasse ich euch beide allein und störe nicht weiter dabei, wie ihr euer neues Heim in Besitz nehmt. Ich habe euch noch eine Flasche

Wein hergestellt, vielleicht hilft die ja dabei." Dabei lächelte sie verschmitzt, warf Hendrik noch einen aufmunternden Blick zu und war einen Augenblick später verschwunden.

*

Am nächsten Abend staunte Hendrik nicht schlecht, als sich seine Frau für die Einladung zurechtmachte. Ein kurzes dunkelrotes Cocktailkleid, halterlose Strümpfe, schicke schwarze Schuhe. „Ich dachte, wir gehen Abendessen, plaudern und vielleicht saunen, nicht auf eine Hamburger Party?", fragte er ein wenig erstaunt nach. „Na, es schadet doch nicht, wenn man sich auf dem Land auch ein wenig schick macht. Ich habe das Gefühl, unsere Gastgeber könnten das ähnlich sehen und die Gelegenheit nutzen, einmal anders herumzulaufen als in Reithosen und Stiefeln. Wäre nett, wenn du dich auch ein wenig eleganter herrichten würdest. Und rasieren könntest du dich auch, du weißt schon wo, du gehst ja sonst auch nicht so in die Sauna." Hendriks Zweifel waren zwar nicht ausgeräumt, aber er nutzte die verbleibende Stunde, sich auch fein herauszuputzen, und sah in seiner anthrazitfarbenen Hose, dem weinroten offenen Hemd und dem hellen Leinenjackett ganz präsentabel aus, fand Sue. Perfekt für das, was sie und Lars vorhatten. Silke würde jedenfalls keine Einwände machen und mitspielen, so viel hatte Lars ihr versichert.

Gegen 19 Uhr machten sich die beiden auf den kurzen Weg über den Hof und wurden von Silke und Lars bereits an der Haustür herzlich begrüßt. Lars trug sein unvermeidliches Architekten-Outfit, schwarze Hose, schwarzes Hemd, die blonde Silke ein schlichtes kurzes schwarzes Kleid, auch sie war in Strümpfen und hochhackigen Pumps. „Für ein Essen draußen ist es leider schon zu kühl, aber ich habe in unserem Wohnzimmer gedeckt, die Terrassentüren bieten immerhin einen Ausblick auf die Ostsee. Wenn ich euch gleich weiter bitten darf?" Die beiden folgten ihr in das erstaunlich modern eingerichtete Wohnzimmer mit seinem hellen Holzboden, seinen weiß gestrichenen Wänden, an denen ein scheinbar wahlloses Sammelsurium an hellen Weichholzmöbeln dennoch eine geschlossene, heimelige Atmosphäre bot. Die Beleuchtung war so weit gedimmt, dass sie für das Essen ausreichte, aber den Blick auf das Meer nicht überstrahlte, in dem gerade die blutrote Scheibe der herbstlichen Sonne versank. „Aperitif?", fragte Lars. „Korn für dich, Hendrik? Oder Kräuterbitter? Und für die Damen auch herb, oder lieber ein Port?" „Natürlich auch herb", antwortete Silke. „Sue, bist du bei Korn auch dabei?" „Klar", sagte die, „zum Glück müssen wir ja heute nicht mehr fahren." „Also viermal Helbing." Lars schenkte reichlich ein und reichte die Gläser herum. „So, nich lang schnacken, Kopp in Nacken." Damit hob Lars sein Glas, prostete den anderen zu und leerte es in einem Zug. Sue, Hendrik und Lars blieben noch eine Weile an der Fensterfront stehen, während Silke sich noch kurz in die Küche entschuldigte. Der sensible Hendrik hatte in diesem Augenblick das starke Gefühl, dass es zwischen seiner Frau und diesem Lars einen Grad der Vertrautheit gab, der nicht so recht zu „Studentenzeit" und „lange her" passen wollte, doch vielleicht hörte er ja das Gras wachsen?

Schließlich kehrte Silke zurück und bat zu Tisch. Das Essen selbst verlief in angeregter Atmosphäre, die Paare saßen jeweils nebeneinander, aber so, dass Sue gegenüber von Lars und Silke gegenüber von Hendrik zu sitzen kam. Silke stellte das blasse Mädchen, das servierte, als Antje vor. „Eine Freundin meiner Tochter Kerstin, sie wohnt oberhalb von euch, ihr werdet einander wohl öfter begegnen. Antje, das sind Sue und Hendrik, die neuen Mieter der großen Wohnung." „Freut mich", antwortete Antje, „und auch von mir herzlich willkommen. Noch Weißwein zum Fisch?" Das dreigängige Essen zog sich ein wenig in die Länge, der Alkohol floss reichlich, sodass die vier schon einigermaßen benebelt waren, als sie „zum Kaffee" in die gemütliche Sitzecke wechselten, deren mattweißes Leinen mit allerhand weichen Kissen und Decken belegt war. Hendrik war erst ein wenig verstört, als Lars sich mit seiner

Frau in einer der Ecken zusammenkuschelte, doch dann war er davon abgelenkt, dass Silke sich in der anderen Ecke eng an ihn schmiegte und ihren Arm auf seine Schultern legte.

Ehe Hendrik sein Unbehagen mit der Situation in Worte kleiden konnte, schien die Gelegenheit dazu schon wieder vorbei, denn Sue, seine Frau, ergriff das Wort: „Hendrik, es wird dich wohl ein wenig in Erstaunen versetzen, was du jetzt gerade erlebst. Doch Lars und ich müssen dich jetzt in ein kleines Geheimnis einweihen: Wir kennen einander ein wenig – sagen wir es so – intensiver, als es bis jetzt den Anschein hatte." Sue hatte sich in Abstimmung mit dem anderen Paar für einen relativ direkten Zugang entschieden. Der Schock, gefolgt von Gelegenheiten, die er sich wohl nie hätte träumen lassen, würde wohl ausreichen, ihn zu überrumpeln. Und war die Sache einmal entschieden … Sie erzählte ihm also relativ ungeschminkt, dass die beiden einander einigermaßen regelmäßig in Hotels oder Swingerclubs trafen. Hendrik schaute ungläubig zwischen Sue und Silke hin und her, doch Silke, die auf die Situation ja vorbereitet war, spielte perfekt mit und ließ die Erzählung scheinbar innerlich unbeteiligt an sich abperlen.

„Und so wollten wir dir heute vorschlagen, dass wir vier, die wir ja jetzt so nah zusammengerückt sind, die Grenzen der Paarbindung aufgeben und künftig in einer polyamoren Beziehung zusammenleben. Und so wie ich die liebe Silke kenne, wird das nicht zu deinem Nachteil sein, Hendrik." Hendrik, der gerade die Welt nicht mehr verstand, wollte zu einer Antwort ansetzen, doch Silkes Mund drückte sich plötzlich auf den seinen und erstickte seine Worte mit einem langen, feuchten Kuss. „Hendrik, es gibt Dinge im Leben, die kann man sich nicht mit dem Kopf erschließen", sagte sie schließlich. „Du musst dich jetzt nicht endgültig entscheiden, aber ich schlage dir vor, der Sache für den heutigen Abend einmal eine Chance zu geben. Jetzt ist nicht die Zeit zu reden", setzte sie honigsüß fort, und plötzlich lag ihre Hand auf seinem Unterbauch und glitt langsam tiefer, wo sich fast gegen seinen Willen eine starke Erektion schon allzu deutlich abzeichnete.

Ob es der Alkohol war oder die ungewohnte Situation, dass eine so attraktive Frau wie Silke so offen Interesse an ihm zeigte: Hendrik war in diesem Augenblick nicht mehr in der Lage, sich die schwerwiegenden Bedenken zu vergegenwärtigen, die von seiner starken sexuellen Erregung zugedeckt und in den Hintergrund gedrängt wurden. Sonst hätte er nur allzu deutlich bemerken müssen, wie offensichtlich das ganze ein abgekartetes Spiel war, dass der Zeitpunkt keineswegs zufällig gewählt war, wo er gerade endgültig hierher übersiedelt war und ohne erheblichen Aufwand nicht mehr zurückkonnte, die Ungereimtheit, dass Silke bei diesem Spiel aktiv beteiligt war und daher vom dem Outing, das Sue gerade vorgetragen hatte, zumindest nicht überrascht war. Stattdessen drängte sich in seinem Bewusstsein die Chance in den Vordergrund, die spießige Monogamie hinter sich zu lassen, die er Sue gegenüber zumindest dem Anschein nach lebte, und gleichzeitig eine zweite sehr attraktive Frau ganz offiziell zu seiner Verfügung zu haben.

Er dachte also, das richtige zu tun, als er sich schließlich räusperte: „Das kommt ja alles sehr überraschend, liebe Sue, und beantwortet gleichzeitig so manche Frage, die ich mir in der letzten Zeit mehr als einmal gestellt habe. Doch muss ich zugeben, dass ich die Idee nicht uncharmant finde. Ja, ich denke, ich werde der Sache heute Nacht eine Chance geben, noch dazu, wo es Silke mir nicht sonderlich schwer macht, den Reiz darin zu finden. Also ja, ich bin dabei." Mit einer Mischung aus Abscheu und Erregung beobachtete er noch eine Weile, wie Lars Sue jetzt einfach an sich zog und mit seinen Händen ihre Schenkel hinauf bis zu jenen intimen Stellen glitten, von denen er sich bis vor einer halben Stunde noch an der Illusion festgehalten hatte, dass sie ihm und nur ihm vorbehalten seien. Silke ließ ihm nur kurz Zeit, bevor sie ihre Hand fester auf seine schon fast schmerzhafte Erektion legte „Na wenn sich die

beiden Turteltäubchen heute Nacht schon für einander ent-
schieden haben, darf ich dich dann um die Ehre bitten, mir zur
Verfügung zu stehen? Und ich denke, die Sauna kann noch ein
Weilchen warten."

Hendrik wusste zu diesem Zeitpunkt noch nicht, dass es im
Haus zwar eine Sauna gab, die allerdings schon seit Jahren
nicht benutzt worden war und als Lagerraum für selten benö-
tigten Hausrat aller Art diente. Doch die Liebesnacht, die er mit
der scheinbar unersättlichen Silke verbrachte und die ihn zu nie
gekannten Höhenflügen seiner eigenen Lust und Potenz führte,
ließ ihn seine Vorbehalte rasch vergessen. Ebenso wie der dar-
auffolgende Sonntag, den er dann mit seiner eigenen Frau im
neuen Ehebett zubrachte. Als er dann endlich neben ihr eingeschlafen war, lächelte Sue zufrieden in sich hinein: Es war
zwar ein anstrengendes Wochenende gewesen, aber der Einsatz
hatte sich gelohnt. Sie konnte ihren Liebhaber jetzt ganz offen
daten, und ihr Mann war von der Idee begeistert. Wenn nur alles im Leben so einfach ginge, seufzte sie, ehe sie selbst auch
die Augen schloss. Sie würden morgen früh hinaus müssen, der
Dienst begann unerbittlich um 7:45 Uhr, sie würden früh aufbrechen müssen.

# Frühling

## Früh hinaus

Fünf Uhr morgen. Es war Montag früh, der Hof lag leer und verlassen in der kühlen Morgenluft, als Hendrik in Jogginghosen und Sweatshirt die Tür der Wohnung hinter sich zuzog. In einer Stunde würden sie losfahren müssen, noch Zeit genug für die zwanzigminütige Runde, die ihm mittlerweile zur Gewohnheit geworden war. Er wandte sich nach links, am Stall und einigen Nebengebäuden vorbei in den hinteren Teil des Anwesens. Der Kiesweg führte durch einen Bestand an locker auf einer Wiese verstreuten alten Obstbäumen auf ein frei stehendes Haus zu, an dessen dem Meer zugewandter Fassade gerade ein Baugerüst stand. Säcke und Paletten mit allerhand Baumaterial standen fein säuberlich in der Wiese vor dem Haus, der Umbau ging unter Lars kundiger Anleitung voran, bald sollten auch hier Mieter einziehen. Es war das ehemalige Verwalterhaus des Gutes, es stammte noch aus einer Zeit von Silkes Großeltern, wo das Gut in der Umgebung noch weit größere Flächen umfasst hatte und einer ganzen Familie samt Gesinde leicht ein komfortables Auskommen gesichert hatte. Ihre Eltern hatten dann große Teile davon verkauft und das Gut auf Pferdezucht umgestellt, sie selbst hatte nach der Übernahme dann auch die aufwändige Zucht aufgegeben und stattdessen auf einen kleinen Reitbetrieb gesetzt, den sie mit viel Liebe und Hingabe führte.

Er ging links an der Baustelle vorbei und erreichte bald die Sommerweide der Ponys, wo sich die 15 Tiere im Sommer aufhielten, die die Basis der Kinderreitschule bildeten. Ponys wurden mittlerweile von den meisten Eltern pferdebegeisterter Kinder bevorzugt, sie waren gutmütige Tiere, nicht allzu groß, boten daher beim Auf- und Absteigen weit weniger Schwierigkeiten als größere Rassen und, was nicht außer Acht zu lassen war, die Kinder liebten die kleinen Pferde. All das hatte ihm Silke im Lauf der Zeit erklärt, Hendrik selber hatte wenig Zugang zu Pferden und kein Interesse am Reiten, es war ihm die meiste Zeit ganz recht, dass sich zwischen ihm und den Tieren ein Zaun befand. Er beschleunigte seinen Schritt ein wenig, als er einen schmalen Pfad den Weidezaun entlang ging, der einmal um die große Koppel herumführte. An dem schmalen Bach, der die befahrene Straße entlang zur Küste floss, bog er ab und nahm den direkten Weg zurück zum Hof. Er blickte auf seine Armbanduhr, er lag gut in der Zeit, eine ausgiebige Dusche und ein Frühstück würden sich noch gut ausgehen, bevor er sich mit Sue in den Wagen setzen und zu ihrer Dienststelle einer großen Bank aufbrechen würde, die zum Glück nördlich von Hamburg lag, sodass sie sich wenigstens nicht durch den Stadtverkehr stauen mussten.

Die letzten Schritte über den Hof, dann trat er durch die Wohnungstür wieder in den Flur. Aus dem Badezimmer hörte er schon Wasser laufen, offenbar war Sue schon aufgestanden und nützte die Zeit. Er huschte ins Schlafzimmer, streifte rasch seine Kleidung ab, griff nach seinem Bademantel und folgte ihr dann ins Badezimmer, wo sie sich in der großzügigen Dusche, die über mehrere Brauseköpfe verfügte und zwei Personen leicht Platz bot, gerade abseifte. „Moin moin", sagte er fröhlich, als er zu ihr trat, an den Armaturen hantierte und sich selbst unter die große Regenwalddusche stellte, aus der angenehm temperiertes Wasser floss. Er beobachtete, wie sie auf der gegenüberliegenden Seite die Seife mit einer Handbrause wieder von ihrem Körper spülte. Sein Schwanz meldete sich spontan zu Wort, als sie sich schließlich breitbeinig gegen die Wand lehnte, den harten Strahl der Brause zwischen ihre Beine richtete und seinen Blick suchte.

„Frühstück oder …?", fragte sie mit vor Geilheit schon etwas belegter Stimme. Er grinste. „Oder natürlich, Frühstück gibt's auch im Büro." Wenige Sekunden später kniete sie bereits vor ihm unter der Regenwalddusche und hatte seinen mittlerweile harten Schwanz in ihren Mund eingesaugt. Ihre Hand hielt dabei seine Eier genau mit jenem leicht wechselndem Druck, mit dem sie wusste, dass sie ihn buchstäblich in der Hand hatte. Sie spielte also eine Weile mit seiner Erregung, bevor sie selbst auch Lust bekam und seinen Schwanz wieder aus ihrem Mund gleiten ließ. Unter seinem fragenden Blick stand sie auf und ging in die Mitte des Raumes, wo aus unerfindlichen Gründen ein Bidet stand, das sie so gut wie nie benützten, sah man von Gelegenheiten wie dieser ab. Sue drehte sich mit dem Gesicht zur Wand, stellte sich breitbeinig vor das Becken, beugte sich nach vorne und stützte sich mit beiden Händen an den Rändern ab. Sie musste nicht lange warten, bis ihr Gatte von hinten an sie herantrat, sie mühelos von hinten penetrierte, sie langsam und gefühlvoll zu stoßen begann und dabei mit seinen Händen an ihren großen, aber festen Brüsten spielte. Minuten und einen Orgasmus später richtete sie sich wieder auf. „Danke, Liebling, jetzt aber fix, Haare trocknen wird knapp. Trink noch einen Kaffee und iss eine Kleinigkeit, du fährst heute."

Es war 7 Uhr 43, als sie schließlich auf dem Mitarbeiterparkplatz des Bankgebäudes eintrafen. Für Hendrik war es gleichgültig, er hatte ohnehin Gleitzeit, aber Sue, die im ebenerdig gelegenen Kundenzentrum arbeitete, hatte um 7 Uhr 45 Dienstbeginn. Mit einem „Ciao Liebling, bis Nachmittag" sprang sie vor dem Eingang rasch aus dem Wagen. Er blickte ihr nach, sie sah in der blauen Uniform, die sie im Dienst zu tragen hatte, hinreißend aus wie immer. Als sie im Gebäude verschwunden war, suchte er sich in Ruhe einen Parkplatz, besorgte sich auf dem Weg ins Büro noch ein Croissant in der Cafeteria und fuhr dann mit dem Lift in seine Etage, wo er sich einen Platz im Großraum suchte, seinen Laptop aufbaute und kurz vor 8 Uhr einstempelte. In der Etagenküche huschte ein Lächeln über seine Lippen, als er die junge Kollegin an der Kaffeemaschine antraf. „Bist du im Stress, oder leistest du mir noch ein wenig

Gesellschaft, Karin?", fragte er sie und war erfreut, dass sie sich mit ihrem Kaffee zu ihm gesellte, während er das Croissant aß und versuchte, dabei nicht allzu viele Krümel zu produzieren.

## Antje und Lars

Freitag Nachmittag, die Luft auf der Baustelle flirrte. Obwohl erst Ende Mai war, versprach es das erste wirklich warme Wochenende dieses Jahres zu werden. Lars legte den weißen Helm auf die Bank neben sich, schnürte die Sicherheitsschuhe auf, schlüpfte aus der groben blauen Jacke, die er auf der Baustelle getragen hatte, verstaute alles in seinem persönlichen Spind, trat wieder ins Freie. Ein letzter Blick auf den Rohbau, für den er als Planungsarchitekt verantwortlich zeichnete, dann hielt er seine ID-Karte an den Kartenleser, verließ das Gelände der Baustelle und holte erst mal tief Luft. Es war ein anstrengender Vormittag gewesen, der Bau war in Verzug, und es hatte seine ganze Autorität erfordert, die Vertreter der Subfirmen, Lieferanten und Gewerke in einer mehrstündigen Begehung wieder auf Spur zu bringen und dazu zu bewegen, dass sie ihre Ärsche in Bewegung setzten und den unnötigen Rückstand durch Sonderschichten und Straffung der Lieferpläne binnen zwei Wochen wieder einholen wollten. Doch er war zuversichtlich, dass das funktionieren würde, es war schließlich kein Zufall, dass man die üppigen Honorare seines Büros bezahlte, wenn es auf Verlässlichkeit und Termintreue ankam.

Er überlegte, ob er noch einmal in sein Büro fahren sollte, entschied sich aber dann dagegen. Der Verkehr Richtung Ostsee würde jetzt schon dicht genug sein und gegen Abend sicher nicht besser werden, auf Stunden im Stau hatte er nun wirklich keine Lust. Also setzte er sich ans Steuer seines dunklen Sportcoupes und nahm von der Baustelle, die zum Glück im Norden Hamburgs lag, den direkten Weg zur Autobahn. Er hielt noch kurz an einer Tankstelle, ließ den Wagen auftanken, besuchte die Toilette, kaufte im Shop zwei Dosen eines Energy-Drinks und schaltete sein Mobiltelefon ab. Dann lenkte er den Wagen auf die Auffahrt Richtung Norden, ordnete sich ungeduldig in den zäh fließenden Verkehr ein und hatte sich bald auf die linke Spur eingefädelt, wo er sich einem Pulk von Sportwägen, Oberklasselimousinen und ein paar Motorrädern anschloss, deren Lenker von langsamer Fortbewegung ebenso wenig hielten wie er selbst. Er stellte den Tempomat auf 180 und überließ es der Abstandregelanlage, die ermüdenden Tempowechsel der Fahrzeuge vor ihm mitzumachen, bis die Ausfahrten des Hamburger Speckgürtels endlich hinter ihm lagen und er einigermaßen vorankam. Eine Stunde noch, so hoffte er.

Zweieinhalb Stunden später hatte er den Hof endlich erreicht. Eine Baustelle und ein Unfall hatten ihm einen Strich durch die Rechnung gemacht, doch noch mehr erstaunte ihn, dass er den Hof allem Anschein nach menschenleer vorfand. Das Büro der Reitschule war geschlossen, die Stalltüren zu, äußerst ungewöhnlich für Freitagnachmittag. Irritiert stieg er aus dem Wagen, schaltete sein Mobiltelefon wieder ein und starrte ungeduldig auf das Display. „Eine neue Nachricht", zeigte der Messenger-Dienst an, auf dem er mit Silke Kontakt hielt. „Sind heute Nachmittag und Abend auf einem Ausritt mit Kunden, Picknick und Lagerfeuer am Strand, es wird spät. Kerstin ist mit mir unterwegs. Kuss, Silke." Er blickte sich um. Auch Hendriks Wagen war nirgends zu sehen. Eine Erinnerung stieg in ihm hoch, Sue hatte etwas von einem Theaterabend erwähnt, war das heute? Er nahm also seine Tasche aus dem Wagen und ging lustlos auf den Eingang des Haupthauses zu, als er im Augenwinkel eine Bewegung am anderen Ende des Hofes wahrnahm. Er schaute genauer, es war das blonde, ein wenig dralle Mädchen, das hier in Haus und Stall aushalf.

Antje erschrak ein wenig, als sie in den Hof einbog und so unvermittelt den Architekten da stehen sah, der Kerstins Mama vögelte. Und die Frau des einfältigen Hendrik. Und Kerstin, wenn sie ihn ranlassen würde. Und … Antjes unbewusste Routinen begannen zu laufen, sie fuhr sich mit einer Hand durch ihr offenes blondes Haar, um wenigstens die fliegenden Strähnen aus dem Gesicht zu bekommen, setzte ein strahlendes Lächeln auf, ihr Rücken straffte sich. Nichts, was sie momentan gegen ihr unvorteilhaftes Outfit tun konnte, sie kam gerade von der Ponyweide und war in Cutoffs, einem rot-weiß geringelten T-Shirt, und ihre Beine steckten in Gummistiefeln. Viel schlimmer ging nicht mehr. „Hey Lars", sagte sie dennoch in leicht gedehntem Ton, als sie auf ihn zuging. Nichts anmerken lassen, Frechheit siegt, dachte sie. „Bist du jetzt extra mit 200 hergebrettert, nur um herauszufinden, dass dich deine Herzdame versetzt hat?"

Lars wandte sich zu ihr um. Ihr Herz klopfte bis zum Hals, als sie fast körperlich fühlen konnte, wie seine Augen sie erfassten. Die nächsten fünf Sekunden waren wohl entscheidend, dachte sie und bot ihr ganzes Selbstbewusstsein auf, seinem Blick standzuhalten. Unbewusst schob sie dabei ihr einladendes breites Becken ein wenig nach vorne und verlagere ihr Gewicht ein wenig auf ein Bein. Es schien zu funktionieren, sein Interesse war geweckt. Na also. Sie wartete. „Na da sind wir ja zwei, dir ist die deine wohl auch abhandengekommen." Guter Konter, dachte sie. „Ja leider", antwortete sie mit einem leichten Augenaufschlag. „Die beiden sind vor nicht mal einer halben Stunde raus, mit einer Gruppe sehr fescher Herren. Werden wohl erst spät nachts heimkommen." „Und dich haben sie einfach da lassen? Das ist aber nicht sehr nett von den beiden." „Na immerhin, mir haben sie die Ponys übriggelassen. Irgendwer muss sich ja hier auch um die Arbeit kümmern, während die Damen sich den schönen Dingen des Lebens widmen. Uwe ist die Woche auch nicht da, Fortbildung mit Stuten oder sowas, also an wem bleibt es hängen?" Sie übte sich in einem sorgfältig einstudierten Dackelblick.

Lars brauchte nicht lange zu überlegen. Hier gab es eine überreife, süße Frucht zu ernten, er brauchte wohl kaum mehr als hinzuschauen, und sie würde ihm in den Schoß fallen. „Na wenn wir beide die einzigen hier sind – würdest du mir auf einen Kaffee oder einen Drink auf der Terrasse Gesellschaft leisten?", fragte er und bemühte sich, sich seine Geilheit nicht allzu offensichtlich werden zu lassen. Er zweifelte allerdings, dass ihm das gelungen war, als Antje ihn von oben bis unten taxierte und ihr Blick verdächtig lang da hängen blieb, wo sich seine beginnende Erektion wohl schon überdeutlich abzeichnete. Antje schaute ihm wieder in die Augen. „Gern, aber ein bisschen Zeit musst du mir geben, mich herzurichten. Ich denke, du gehörst nicht zu denen, die auf Frauen stehen, die nach Pferd riechen."

Lars hatte die Kleine wohl ein wenig unterschätzt, der Konter hatte gesessen. „Nein, das kannst du dir für andere aufsparen", gab er zurück. „Ich lass die Türe offen, komm einfach rüber, wenn du so weit bist. Bis dann, Süße." Damit drehte er sich um, winkte ihr noch einmal und war im Haus verschwunden. Antje schmunzelte, wartete, bis er verschwunden war und lief dann rasch auf die andere Seite des Hofes zu ihrem Quartier. Sie ließ die Gummistiefel vor der Haustüre stehen und stieg bloßfüßig die Treppen hoch, vor ihrem geistigen Auge die to-do-Liste. In ihrem Schlafzimmer angekommen, streifte sie rasch die Cutoffs, das Ringelshirt und ihren Slip ab. Sie prüfte ihr Spiegelbild, ihre Nippel standen vor Vorfreude bereits steif von ihren vollen Brüsten ab. Also – als Erstes in die Dusche …

Eine halbe Stunde später war sie mit sich zufrieden. Rundum frisch rasiert, das blonde Haar gewaschen und geföhnt. Sie überlegte, ob sie es wagen sollte, gleich ohne Slip zu gehen, als sie das kurze schwarze Sommerkleidchen direkt über ihre nackte Haut überstreifte, dessen Saum weit über ihren sonnengebräunten Knien endete. Warum nicht, dachte sie, BH brauchte sie in diesem Kleid sowieso keinen, und das würde den alten

Bock höchstens noch geiler machen. Ein paar Spritzer von dem Parfum, das sie für besondere Fälle in ihrem Nachtkästchen aufbewahrte. Noch einmal durchatmen …

Lars begab sich indes auf der anderen Seite des Hofes ebenso in das Schlafzimmer, das er mit Silke teilte, und legte als Erstes die Kleider des Tages ab. Er fühlte sich noch staubig von der Baustelle und machte ebenfalls, dass er in die Dusche kam. Den Körper abgeseift, die Haare durchgewaschen, die Behaarung an den Stellen, auf die es wohl ankommen würde, ein wenig in Form gebracht, dann noch ein paar Minuten den warmen Strahl der Regenwalddusche genießen, die Verspannungen des Tages lösen. Während er seinen Körper trocknen ließ, erwog er, seinen Dreitagebart abzurasieren, doch entschied sich dann dagegen: Wenn sie Uwe vögelte, dann stand sie wohl mehr auf ein wenig rauere Männlichkeit … Er überlegte ein wenig, doch dann entschied er sich, einfach einen Kilt umzulegen und sich auf das breite Liegebett auf der Terrasse zu legen. So konnte er der Kleinen das Tempo überlassen, und wenn sie schüchtern war, konnte er ja immer noch nachlegen. Er blinzelte also ein wenig in die Sonne und schloss dann die Augen, noch ein paar Minuten, es war ja noch Zeit, bis sie kommen würde …

Er erwachte wieder, als er die zarten Berührungen von weichen Fingerkuppen erst auf seiner Brust, dann auf seinen Nippeln spürte. Eine Weile hielt er noch die Augen geschlossen, doch dann wurde er immer deutlicher des Druckes gewahr, der sich in seinem Schwanz aufbaute, und er öffnete blinzelnd die Augen. Antje lächelte zu ihm hinunter und setzte das Spiel mit ihren Fingern unbeirrt fort. „Na, doch noch nicht müde, ich dachte schon …", sagte sie mit leichtem Spott in der Stimme, während er seine Hand ausstreckte und eines ihrer nackten Beine berührte, das verlockend in Reichweite neben dem Bett stand. „Hey hey", sagte sie und verstärkte ein wenig den Druck auf seinen Nippel, machte aber keine Anstalten, seine Hand abzuwehren, als diese sich unter das kurze Kleid schob und sie ein wenig in ihre nackten Pobacken kniff. „Fragt man da nicht zuerst um Erlaubnis, bevor man eine Dame so unschicklich berührt?"

Er grinste und ließ seine Hand kurz über ihre blanke Spalte gleiten. Wie er nicht anders erwartet hatte, war Antje bereits klatschnass. „Mehr Geilheit als Erfahrung", dachte er. „Eine Dame schon, aber gilt das auch für ein geiles kleines Luder? Außerdem: du hast angefangen, nicht ich", gab er schelmisch zurück. Doch da hatte er sie wiederum ein wenig unterschätzt. Schmollend zog sie ihre Hand zurück und ging ein paar Schritte zurück, außerhalb seiner Reichweite. „Nimm das sofort zurück und sag das nie wieder zu mir, sonst ist unser kleines Spiel hier aus, bevor es überhaupt noch angefangen hat", antwortete sie. Der momentane Zorn machte sie in seinen Augen noch attraktiver. Er hob die Hände mit nach außen gekehrten Handflächen. „Tut mir leid, Antje, ich wollte dich nicht kränken und nehme das Luder zurück. Wie kann ich es wieder gut machen?" Sie sah ihn eine Weile an, doch sie schaffte es nicht lang, überzeugend die zornige zu spielen.

„Na gut, Entschuldigung angenommen, aber jetzt brauch ich erst mal einen Drink, den hattest du mir doch ohnehin versprochen." Antje zog sich das Kleid demonstrativ noch einmal hinunter und setzte sich dann auf einen der Stühle an den kleinen runden Tisch, der auf der Terrasse stand. Lars stand seufzend auf. „Okay, und was möchtest du gern?" „Bringst du einen stilechten Swimming Pool zuwege, Lars? Kerstin erwähnte mal, dass du die Barmixerei ganz gut drauf hast." Lars taxierte Antje, doch sie schien das ernst zu meinen. Also gut, eine Weile konnte er ja nach ihren Regeln spielen, außerdem schien ihm das die beste Chance, doch noch zum Zug zu kommen. „Dauert aber ein bisschen. Leistest du mir drinnen Gesellschaft, oder wartest du hier in der Sonne?" „Ich warte", antwortete sie, lehnte sich auf dem Stuhl zurück, sodass das Kleid über ihre Brüste spannte, und kreuzte kess ihre Beine.

Zehn Minuten später war er zurück. Antje konnte nicht umhin zuzugeben, dass die beiden Swimming Pools lehrbuchmäßig zubereitet waren, inklusive dem von unten nach oben heller werdenden Verlauf des Blue Curaçao, den man nur zuwege brachte, wenn man ihn erst nach dem Schütteln vorsichtig mit einem Barlöffel zugab und nicht mit mixte. Er stellte einen der beiden Drinks für Antje hin, behielt den anderen in der Hand und setzte sich ihr schräg gegenüber an den Tisch. „Na, wieder versöhnt?", fragte er, hob das Glas und schaute Antje genau in die Augen. „Wollen wir noch mal von vorn beginnen?" Antje hielt seinem Blick stand, nahm den geknickten Strohhalm zwischen ihre Lippen, begann ein wenig zu saugen, ließ ihn dann so aus dem Mund gleiten, dass Spuren der cremigen Flüssigkeit auf ihren Lippen haften blieben. „Na klar, ich lass mir doch einen geilen Schwanz wie dich nicht entgehen. Aber es macht das geilste Luder noch viel geiler, wenn man sie behandelt wie eine Dame statt wie das, was sie ist." Sie blickte ihn eine Weile an, nahm den Strohhalm dann wieder zwischen ihre vollen Lippen und sog den Großteil des Drinks in einem Zug aus dem Glas. „Zumindest am Anfang", setzte sie grinsend nach.

Eine Weile ließ Antje ihn noch zappeln, doch dann trank sie den letzten Rest des Drinks aus, stellte das Glas entschlossen auf den Tisch. „Aber jetzt bin ich an der Reihe. Komm." Damit stand sie auf, reichte ihm die Hand und zog ihn wieder zurück zu der Liege. Mit einer einzigen erstaunlich routinierten Handbewegung öffnete sie den Druckknopf seines Kilts und ließ ihn achtlos zu Boden fallen. „So, hinlegen", kommandierte sie und schubste ihn rücklings auf das breite Liegebett. Sie nahm seine Hände, legte sie locker hinter seinen Kopf und grinste ihn an. „Die bleiben erst mal hier", sagte sie, spreizte seine Beine weit und kniete sich in ihrem kurzen Kleid auf das Fußende der Liege. Ihr Mund, der seinen noch schlaffen Schwanz umschloss, tat nahezu augenblicklich seine Wirkung, die kleine machte das ganz offensichtlich nicht das erste Mal.

Knapp vor dem Point of no Return ließ sie seinen Schwanz aus ihrem Mund gleiten. „Noch nicht", sagte sie streng, als er seine Hände in ihre Richtung ausstrecken wollte. Stattdessen kam sie auf ihn, positionierte sich im breiten Kniestand über seinen Hüften und sah ihm genau in die Augen, als sie ihren Unterleib auf seine Erektion absenkte und sich seinen großen harten Schwanz genüsslich in ihre klatschnasse Grotte einführte. Sie bewegte sich ein wenig, bis sie bequem saß, doch dann hörte sie auf und zog sich erst einmal das Kleid über den Kopf. „So, jetzt darfst du", lächelte sie, als sie sich weit nach vorne über ihn beugte und ihn langsam und zärtlich zu reiten begann. Er stöhnte leise auf, als sich ihre Finger wieder an seinen Nippeln zu schaffen machten, während er ihren Po mit einer Hand umfasste und ein wenig kniff. Schließlich musste er vor sich selbst zugeben, dass er diese junge Frau wohl ein drittes Mal unterschätzt hatte, als er schließlich ihr ganz die Initiative überließ und die gefühlte Stunde einfach genoss, in der sie sich selbst in eine Serie von Orgasmen ritt und ihn dabei immer wieder bis knapp vor seinen Höhepunkt trieb, bevor sie endlich von ihm herunterrollte, ihre Beine schamlos breit machte und ihm mit einem heiseren „und jetzt fick mich" gestattete, sie mit seiner ganzen aufgestauten Geilheit zu nehmen und zu besamen.

*

Es war zwei Uhr Morgen, als Silke und Kerstin endlich todmüde von dem Ausritt zurück ins Haus kamen. Um Mitternacht waren sie mit ihren Gästen zum Hof zurückgekehrt, die Herren hatten natürlich noch einen Schlummertrunk gebraucht, bevor sie endlich in ihre dicken Autos gestiegen und abgefahren waren, dann mussten noch die Pferde abgesattelt und versorgt werden. Silke blieb schließlich wie versteinert an der Schwelle zu ihrem Schlafzimmer stehen, als sie Lars mit Antje friedlich schlummernd in ihrem Bett vorfand. Sie überlegte gerade, mit welchen Worten sie die beiden aufwecken und am besten gleich hinauswerfen sollte, da fühlte sie, wie eine Hand nach der ihren griff. „Shhhhht", machte Kerstin und zog sie behutsam von der Türe weg. Silke stand ein wenig neben sich, als sie zuließ, wie ihre Tochter sie durch die Wohnküche zum Stiegenhaus führte, das in den Wohnbereich Kerstins im ersten Stock des Hauses führte, und dabei noch eine Flasche von dem Kräuterlikör mitnahm, von dem sie beide nicht recht verstanden, warum sie ihn mochten. Sie setzten sich auf zwei bequeme Sessel, die mit Blick auf ein Fenster zur Ostsee standen, der von hier wohl noch spektakulärer war als von unten auf der Terrasse. Kerstin schenkte ein. „Ex", sagte sie, die beiden leerten ihre Gläser in einem Zug, Kerstin schenkte nach.

„Glaubst du, mir tut das weniger weh als dir?", eröffnete Kerstin schließlich das Gespräch. Silke schüttelte den Kopf. „Aber ich liebe sie, genauso wie du ihn, und sie tun nichts, was unsere Arrangements ihnen nicht gestatten würden. Und willst du wirklich so tief sinken, mit ihm über schlechten Geschmack zu streiten?" „Eigentlich will ich nur in mein Bett, Kerstin", antwortete Silke. Gedankenverloren leerte sie das zweite Glas des Kräuterlikörs, den ihre Tochter ihr eingeschenkt hatte. Die konnte das gut verstehen, immerhin hatte sie wenigstens ihre eigene Umgebung zur Verfügung. „Erinnerst du dich, wie ich als kleines Mädchen öfter zu dir ins Bett gekommen bin, wenn ich nachts Sorgen hatte? Ich glaub, heute lade ich dich dazu ein, es mal umgekehrt zu versuchen. Wenn du die beiden jetzt aus deinem Bett jagst, machst du nur böses Blut und tust dir selber weh."

Silke nickte nur, sie war in diesem Augenblick einfach dankbar für das Angebot. Es dauerte nicht lange, bis die beiden in Kerstins Dusche den Staub des Tages und den Geruch der Pferde abgespült hatten. Nackt, wie sie gerade waren, krochen sie einfach in Kerstins breites Bett und kuschelten sich unter der warmen Decke aneinander. Silke schaffte es tatsächlich, sich in den Armen ihrer Tochter komplett fallen zu lassen, und war nach ein paar Minuten tief und fest eingeschlafen. Kerstin hielt ihre Mama im Arm, spürte dem unerschütterlichen Vertrauen nach, das die beiden über alle Streitigkeiten hinweg untrennbar miteinander verband, lauschte noch eine Weile Silkes gleichmäßigem Atem, dachte über den Lauf des Lebens nach. Ein paar Augenblicke später waren auch ihr die Augen zugefallen.

Als sie schließlich spät am nächsten Vormittag wieder in den Wohnbereich herunterkamen, war von Antje nichts mehr zu sehen. Lars saß in Shorts und T-Shirt auf der Terrasse und blätterte auf seinem Tablet Computer herum. „Moin moin, die Damen, ich habe euch gar nicht mehr kommen hören", eröffnete er wohlgelaunt das Gespräch. Kerstin und Silke tauschten Blicke aus. „Moin, Lars, ich hoffe , du hast dich gestern Abend nicht allzu sehr gelangweilt, die Buchung kam kurzfristig. Eigentlich hätte der Ausritt erst heute Abend stattfinden sollen, aber der Fischkutter, mit dem sie nachtfischen fahren wollten, hatte einen Maschinenschaden, so mussten wir die Termine kurzfristig tauschen." Lars taxierte Silke. „Ja danke, ich bin zurechtgekommen. Antje war ja auch allein, sie hat mir ein wenig Gesellschaft geleistet." Als Silke sich nach Kerstin umdrehte, war diese schon verschwunden, sie war wohl auf dem Weg zu Antje. Silke seufzte innerlich, als sie sich, äußerlich gut gelaunt, mit ihrem Kaffee zu Lars setzte. Kerstin hatte wohl recht: Jedes Wort darüber würde sie selbst am meisten verletzen. „Na da hoffe ich doch sehr, dass du dich nicht zu sehr verausgabt hast, mein Lieber", antwortete sie und lächelte dabei verschmitzt.

## Donna

„Alles klar, dann bis heute nachmittag, es wird alles bereit sein." Silke drückte die rote Taste auf ihrem Mobiltelefon und steckte es wieder in die Tasche. Sie hatte von Anfang an ein ungutes Gefühl bei der Sache, der Anrufer war Lars gewesen. Eine potenzielle Mieterin für das ehemalige Verwalterhaus, eine bekannte Hamburger Schriftstellerin namens Donna. Das roch förmlich nach Schwierigkeiten. Doch da es sich bis jetzt nicht als allzu einfach herausgestellt hatte, das architektonisch reizvolle, aber nicht allzu große Haus zu vermieten, konnte sie nicht wählerisch sein. Noch dazu zu dem Preis, den Lars und Silke sich vorstellten.

Sie sortierte ihre Gedanken. Noch acht Stunden bis zum Besichtigungstermin, in dem Haus war nach Abschluss der Arbeiten monatelang niemand gewesen, dort musste zumindest notdürftig sauber gemacht werden. Sie griff wieder nach ihrem Mobiltelefon und wählte Antjes Nummer. „Antje? Hör zu, ich habe einen Notfall und brauche deine Hilfe. Sag Uwe, dass er deine Reitstunden übernehmen soll, ich brauche dich im Verwalterhaus." Sie wartete den Wortschwall ungeduldig ab, der ihr aus dem Telefon entgegenkam. „Ja wie gesagt, ein Notfall, Lars bringt heute eine mögliche Mieterin, wir müssen das Haus auf Vordermann bringen." Sie wartete wieder. „Gut, ich erwarte dich in 20 Minuten beim Haus." Sie legte auf, es war ihr in diesem Moment gleichgültig, was das Mädchen wollte und nicht wollte. Das Haus musste geputzt werden, und Silke hatte noch anderes zu tun.

20 Minuten später traf sie die missmutige Antje an der Tür des Hauses. Silke hielt sich nicht mit Sentimentalitäten auf. „Ich weiß, dass es Dinge gibt, die du lieber machst, aber ich brauche das Haus heute um fünf so weit sauber, dass man es herzeigen kann. Schaffst du das, Schatz?" Antje kannte den Ton der Chefin, hier gab es wohl nichts herumzudiskutieren. „Es wird knapp, aber es wird wohl gehen müssen", antwortete sie säuerlich. „Soll ich auf irgend etwas besonders achten?" „Stell dir einfach vor, du würdest dieses Haus besichtigen kommen. Mach es so, dass es dir gefallen würde", antwortete Silke knapp. „Du weißt, das Ding ist schwer zu vermieten, und wir brauchen das Geld." So, das sollte reichen. „Wenn du etwas brauchst, ruf mich an. Und wenn die Kundin anbeißt, kriegst du einen extra Tag frei."

Silke drehte sich einfach um und ließ Antje mit der Aufgabe allein. Das Mädchen würde sie schon erledigen, nachher würde sie sich bei Kerstin beschweren, und spätestens morgen Abend war dann der nächste Krach mit Kerstin fällig. Doch Silke verschwendete keinen weiteren Gedanken daran, als sie wieder zurück zum Haupthaus ging. Auf dem Hof fing sie Uwe ab und gab ihm noch Instruktionen für die Reitstunden. „Willst du lieber das Verwalterhaus putzen? Lars bringt heute eine Interessentin", schnitt sie ihm das Wort ab, als er ihr wie immer zu erklären versuchte, dass er keine Kindergruppen leiten konnte. „Du wirst es das eine Mal schaffen." Damit ließ sie auch Uwe stehen und ging zurück ins Haus und in ihr Büro. Ein paar Minuten später war sie schon damit beschäftigt, alles im Internet zu recherchieren, was es über diese Donna zu wissen gab.

Als Silke gegen 16:45 im Verwalterhaus eintraf, war sie ehrlich begeistert, was das Mädchen zuwege gebracht hatte. Sie hatte eine Weile überlegt, wie sie sich für den Anlass zurechtmachen sollte, sich dann letztlich für helle Reithosen, schwarze Stiefel und eine enge schwarze Samtjacke entschieden, die ihre schlanke sportliche Figur betonte. Nichts davon hatte sie schon jemals auf einem Pferd getragen, sie wusste, dass man den Geruch nicht mehr aus den Sachen brachte. Das flachsblonde Haar trug sie offen, nur von zwei Spangen aus dem Gesicht gehalten. Makeup dezent und unaufdringlich.

„Danke, Antje", sagte sie mit einem Lächeln, „jetzt kann ja nichts mehr schiefgehen." Antje wirkte erschöpft, sie hatte sich hier wohl wirklich verausgabt. „Der freie Tag ist fix, kannst dir aussuchen wann, nur bitte nicht am Wochenende", sagte sie aufmunternd. „Danke, Silke", sagte Antje, die gerade damit beschäftigt war, die letzten Utensilien wieder auf den großen schweren Putzwagen zu laden, den sie auf dem Hof verwendete. Ein paar Minuten später war das Mädchen samt dem Wagen weg, gerade noch rechtzeitig. Silke blickte sich um. Sie hatten wohl Glück, das Wetter zeigte sich heute von seiner besten Seite, die bereits tief über dem Meer stehende Sonne tauchte die Landschaft in ein mildes goldenes Licht, die sich vor der riesigen Glasfront des Hauses mit den großen Terrassentüren entfaltete, die Lars statt der kleinen Fenster hatte einbauen lassen.

Ein paar Minuten später hörte sie bereits die Reifen eines Autos auf der geschotterten Zufahrt knirschen. Noch ein letzter Blick in den Spiegel, dann trat sie vor die Türe. Keinen Augenblick zu früh, ein rotes Sportcabrio mit offenem Verdeck hielt vor dem Haus. Auch wenn Lars am Steuer saß: Es war nicht sein Auto. Er stieg aus, winkte Silke beiläufig und ging um den Wagen herum, um der Dame die Türe zu öffnen, die unbewegt auf dem Beifahrersitz wartete. „Danke, Lars", sagte sie mit dunkler, melodischer Stimme, als sie schließlich ausgestiegen war. Mit eleganten, wohl sorgsam einstudierten Bewegungen nahm sie das Kopftuch ab, das sie während der Fahrt getragen hatte, steckte es in ihre Handtasche, steckte sich die große dunkle Sonnenbrille ins Haar und sah sich um. „Einfach herrlich hier, ist das dort schon die Ostsee, Lars? Ein entzückender Flecken. Ich bin schon jetzt ganz verliebt."

„Warte, bis du das Haus gesehen hast." Lars deutete in Richtung des Verwalterhauses. „Das ist übrigens Silke, meine Partnerin. Sie hat schon einiges von dir gelesen und ist ein großer Fan von dir. Silke, das ist Donna, Shooting-Star der Hamburger Literaturszene." „Na na, jetzt übertreib nicht so maßlos, und bring mal deine Partnerin nicht in Verlegenheit für den Fall, dass sie erst heute Vormittag begonnen hat, mich zu lesen. Aber keine Angst, ich werde keine peinlichen Fragen stellen. Freut mich, Silke, bleiben wir gleich beim du?" „Herzlich willkommen, Donna", gab Silke mit einem mechanischen Lächeln zurück. „Und selbstverständlich, Freunde von Lars sind auch meine Freunde. Aber komm doch einfach herein und sieh dich um." „Ja gern, deswegen bin ich ja hier", antwortete Donna und ging ohne weitere Umstände auf die Haustüre zu. „Bitte, nach dir." Silke konnte gerade noch den Weg freimachen.

Silke musste neidvoll gestehen: Donna hatte die Gabe, einen Raum augenblicklich mit ihrer Präsenz zu füllen, wenn sie ihn betrat. Sie selbst blieb bescheiden an der Haustür stehen und überließ es zunächst Lars, Donna das Haus und seine Vorzüge wortreich zu schildern. Tatsächlich hatte die Art, wie Lars es umgestalten hatte lassen, ihren Charme. Das gesamte Erdgeschoß war bis auf die unvermeidlichen Nebenräume ein einziger großer Raum, der sich in den wunderschön erhaltenen alten Dachstuhl des Hauses hinauf öffnete. Eine elegant geschwungene Holztreppe führte auf eine Galerie, die etwa die Hälfte des großen Raumes überragte und sich auf drei schlanke Holzsäulen stützte, die dem unteren Raum gleichzeitig ein wenig Struktur gaben: Auf der einen Seite befand sich unter der Galerie die Küche, die ihrerseits mit einer Bar zum Wohnbereich abgegrenzt war und sich auf die andere Seite hin zu einem großen Esstisch öffnete. Die Galerie selbst wurde von einem großzügigen Bett auf einem niedrigen Podest dominiert, über dem auf vier Pfosten ein Baldachin schwebte. Dünne cremefarbene Vorhänge hingen an allen vier Seiten vom Baldachin und waren mit Bändern an die Bettpfosten drapiert.

Donna stieg auf die Galerie hinauf, ihre Absätze klapperten laut auf den Holzstufen. Sie stützte sich kurz auf der Brüstung auf, dann streifte sie einfach ihre Schuhe hab, setzte sich auf das Bett und streckte sich schließlich lang aus. „Ja", sagte sie schließlich, „wie es Lars versprochen hat. Du wachst auf und hast diesen traumhaften Blick auf das Meer. Das ist es." Damit stand sie wieder auf, schlüpfte wieder in ihre Schuhe und stieg die Treppe herunter. Ihr Blick fiel auf den gusseisernen Schwedenofen, der im vorderen Teil des Wohnzimmers an einer der Seitenwände stand. Sein Ofenrohr führte in kühner, frei stehender Konstruktion gute vier Meter geradeaus in die Höhe, bevor es der Schräge der Dachverschalung folgte und schließlich in einem gemauerten Kamin im hinteren Teil der Galerie verschwand.

„Du beweist immer wieder einen sicheren Sinn dafür, wie man optische Akzente setzt, Lars. Ich frage mich nur, wie du das von der Statik her hingekriegt hast." Lars lächelte. „Es war eine Herausforderung, ganz recht. Aber es schien mir in dieser Raumkonstellation die einzig mögliche Lösung, also habe ich es möglich gemacht." Tatsächlich hatte gerade diese frei stehende Ofenröhre nicht die geringsten Probleme gemacht, das dünne, in einem Stück gefertigte Blech hatte kaum Gewicht und war einfach im Dachgebälk mit ein paar massiven Schellen befestigt, wie man sie in jedem Baumarkt kaufen konnte.

„Gut, du hast mir nicht zu viel versprochen. Ich nehme es, ich gehe davon aus, dass du einen Mietvertrag vorbereitet hast?" Silke entging nicht, dass Donna sie in keiner Sekunde in das Gespräch eingebunden oder auch nur beachtet hatte. „Selbstverständlich, setzen wir uns doch an den Esstisch und gehen wir die Unterlagen in Ruhe durch. Silke?" Doch Donna winkte ab. „Nicht nötig, das wird schon seine Richtigkeit haben. Wo muss ich unterschreiben?"

Zehn Minuten später war Donna bereits wieder verschwunden. „Danke, Schatz, das ist lieb, doch leider", hatte Donna Silkes Einladung abgelehnt, doch wenigstens noch auf einen Kaffee und einen Imbiss bei ihnen zu bleiben. „Ich muss schauen, dass ich in die Stadt zurückkomme, ich habe heute noch eine Lesung, ich bin schon spät." Damit war sie aus dem Haus stolziert, hatte sich das Kopftuch wieder umgebunden, sich selbst ans Steuer ihres Cabrios gesetzt und war mit quietschenden Reifen davongebraust.

Silke sah ihr kopfschüttelnd nach und ging dann wieder ins Haus. „Komm rauf, das ist wirklich genial, ich glaube, du warst noch nie hier heroben." Lars Stimme schien von der Galerie zu kommen, sie stieg also die Stiegen hinauf. Eine Weile standen die beiden stumm an der Brüstung der Galerie und sahen durch die große Glasfront zu, wie die Sonne langsam in die Ostsee hinabstieg. „Und was machen wir jetzt mit dem angebrochenen

Abend", fragte Lars und legte seinen Arm locker um Silkes Hüfte. Sie drehte sich zu ihm um und sah ihn lüstern an. „Fickst du sie eigentlich?", fragte sie mit schon leicht belegter Stimme. „Jetzt gerade nicht", gab er grinsend zurück und setzte dieses jungenhafte Lächeln auf, das sie so sehr an ihm liebte. „Sie ist ja gerade mit dem Auto abgefahren." Ohne weitere Worte nahm er sie an der Hand und zog sie in Richtung des einladenden, frisch bezogenen Bettes.

# Sommer

## Kerstin und Antje

Antje wartete schon mit den beiden gesattelten Pferden, als Kerstin gegen zehn endlich aus dem Haus kam. Es versprach ein heißer Sommertag zu werden, ein wolkenlos blauer Himmel spannte sich über der kargen Küstenlandschaft auf. Es war Montag, der Reitstall war geschlossen, Antje hatte frei. Also hatten die beiden Freundinnen beschlossen, gemeinsam einen Badetag zu verbringen.

Rasch waren die Lunchpakete und die Getränkeflaschen in den Satteltaschen der beiden Stuten verstaut, Antje hatte noch eine Tasche mit Liegematten und Badeschuhen mitgebracht. „Badezeug werden wir heute keines brauchen", hatte Kerstin geheimnisvoll gemeint, „ich zeig dir heute einen Platz, den du noch nicht kennst." Die beiden blonden Mädchen schauten hinreißend aus in ihren Cutoffs, T-Shirts und den leichten Sneakers, in denen ihre nackten Beine steckten. Zumindest fand das Uwe, der wie zufällig über den Hof geschlendert kam, als die beiden gerade auf ihre Pferde stiegen. Sein Blick blieb erst eine Weile an Kerstin haften, für ihn eine jüngere Ausgabe ihrer Mutter, die er gern einmal ebenso im Heu genommen hätte wie diese; dann auf Antje, die seinem lüsternen Blick deutlich offener begegnete. „Brecht euch nicht den Hals", rief er den beiden nur nach, als sie schon den Schotterweg in Richtung des Verwalterhauses nahmen – den beiden war die Abkürzung zum Strand über die niedrige Hecke und die feuchte Wiese ebenso vertraut wie Silke.

An der Baustelle am Verwalterhaus herrschte schon reges Treiben, doch einige der Arbeiter schienen gerade Brotzeit zu halten, als die beiden Mädchen vorbeiritten. Kerstin hätte nicht übel Lust gehabt, vom Pferd zu steigen und die Männer für die

Pfiffe, anzüglichen Bemerkungen und Pfiffe zurechtzuweisen. Doch sie wollte es nicht riskieren, ihrer Freundin damit den Tag zu verderben, so ließ sie es dabei bewenden, ihnen einen strafenden Blick zuzuwerfen und sie weiter zu ignorieren. Stattdessen versammelte sie ihr Pferd und trieb es auf dem kurzen Rasenstück vor der Hecke in einen raschen Galopp – von dieser Seite aus musste man sich den Sprung schon besser einteilen als auf dem Rückweg. Nachdem sie gut über die Hecke gekommen war, drehte sie sich kurz nach Antje um, doch die war mittlerweile mit den Gegebenheiten ebenso vertraut wie sie selbst und folgte zwei Pferdelängen hinter ihr.

Am Strand konnten sie zu dieser Tageszeit nicht mehr durchgehend galoppieren, es waren stellenweise zu viele Touristen, Wassersportler und kleine Kinder unterwegs, die kreuz und quer herumliefen. So dauerte es den besseren Teil einer Stunde, bis sie die belebteren Gebiete der Küste hinter sich gelassen hatten und auf eine größere Waldlandschaft zuritten. Als sie die ersten Bäume erreichten, zügelte Kerstin ihr Pferd – hier musste es irgendwo sein, sie war schon länger nicht mehr hier gewesen. Ah da. „Achtung Antje, es geht gleich scharf links. Das erste Stück Schritt", rief sie ihrer Freundin zu, die sich immer zwei, drei Pferdelängen hinter ihr hielt. Sie lenkte ihre Stute auf einen kaum sichtbaren Pfad zwischen den Bäumen in den kleinen Wald hinein. Antje folgte neugierig.

Sie ritten vielleicht 10 Minuten durch den dichten Baumbestand, bis plötzlich nach einer letzten Biegung eine glitzernde Wasserfläche und ein schmaler, einsamer Strand vor ihnen lag. „So, Endstation", rief Kerstin und sprang von ihrem Pferd in den weichen Sand. Antje, die einen Augenblick später eintraf, blieb der Mund offen stehen. „Das ist ja ein kleines Paradies hier", sagte sie schließlich und stieg ebenfalls aus dem Sattel. Kerstin lächelte und gab ihr einen warmen Kuss auf den Mund. „Eines der letzten Geheimnisse von mir, das du noch nicht kanntest." Rasch nahmen sie den beiden Pferden die Sättel und das Zaumzeug ab, steckten ihnen ein paar Karotten ins Maul und ließen sie dann einfach frei laufen. Kerstin warf die Satteltaschen nur achtlos in den Sand und schlüpfte ohne große Umstände aus ihren Kleidern. „Komm, erst mal den Staub des Ritts abwaschen." Damit war sie schon ins Wasser gelaufen und schwamm zügig ein Stück weit die Brackwasserbucht hinaus. Antje tat es ihr gleich, bald plantschen die beiden Mädchen ausgelassen im seichten Wasser.

„Wah, das klebt auf den Zehen", quietschte Antje, als sie wieder auf dem Weg zu ihren Sachen waren und ihre Füße immer sandiger wurden. „Einfach nicht beachten, das Zeug fällt von selber ab, sobald es trocken ist." Kerstin breitete die beiden mitgebrachten Strohmatten auf einem Flecken Gras aus, der zwischen den Bäumen im Halbschatten lag. Sie breitete die beiden großen Badetücher darauf aus und legte sich dann einfach auf den Rücken, die Beine angewinkelt und breit im Gras vor der Badematte aufgestellt. Antje blickte belustigt auf sie hinab. „Du willst mich aber jetzt nicht gleich geil machen oder was?", fragte sie. Kerstin schloss neckisch die Knie. „Nur wenn du drauf bestehst", grinste sie und wartete, bis sich ihre Freundin neben sie gelegt hatte. Eine Weile blickte sie einfach sinnierend auf den blauen Himmel, der durch die Baumwipfel zu sehen war. „Was ist, woran denkst du?", fragte Anja vorsichtig nach, ihre Hand streifte dabei wie zufällig an Kerstins Hüfte an.

Kerstin lächelte ihre Freundin an. „Ich dachte gerade daran, dass das exakt der Ort ist, an dem ich vor 20 Jahren gezeugt wurde", sagte sie schließlich mit verträumten Augen. „Nicht, dass meine Mama das damals beabsichtigt gehabt hätte, aber …" „Und das hat sie dir so einfach erzählt?", fragte Antje ungläubig nach. „Ja warum denn auch nicht? Dass wir so oft streiten, liegt ja auch daran, dass wir so ein offenes vertrautes Verhältnis zueinander haben. Silke ist ein sehr offener, ehrlicher und empathischer Mensch, wenn es dir gelingt, die Fassade der Härte einzureißen, die sie sich in den vielen Jahren als Frau in diesem rauen Geschäft zugelegt hat. Und sie hat kaum jemand, mit dem sie auch einfach mal über sich selbst sprechen kann." Antje antwortete eine Weile nicht, sie dachte wohl darüber nach, wie es gewesen wäre, wenn sie ihre Eltern nicht vor 15 Jahren bei einem Autounfall verloren und seitdem bei weitschichtigen Verwandten, einer Pflegefamilie und die letzten Jahre im Internat verbracht hätte. Kerstin, die den Gedanken ihrer Freundin mühelos folgen konnte, ergriff deren Hand, die immer noch schüchtern auf ihrer eigenen Hüfte lag, und streichelte sie sachte.

Es brauchte in diesem Augenblick keine Worte, es genügte, dass die beiden einander ihre Nähe spüren ließen. Ihre Knie berührten einander, Kerstin hatte jetzt behutsam auch ihre Hand ausgestreckt, die beiden Mädchen lagen zueinander gedreht einfach da und streichelten einander sachte, während sie einander an den inneren Händen hielten. Ihre Nasen berührten sich fast, sie konnten den Atem der anderen spüren. Sie liebten es, dieses Spiel lange, oft über Stunden, aufrechtzuerhalten, die sachte Stimulation, die sie einander in intimer Vertrautheit schenkten, trat dabei in den Hintergrund gegen das Gefühl des einander einfach nahe Seins, des sich fallenlassen Dürfens, des Berührens der Seelen, wie Antje es manchmal für sich ausdrückte. Die Sonne hatte den Zenit jedenfalls schon deutlich überschritten, als sie nach einem letzten, gemeinsam erlebten sanften Orgasmus endlich voneinander abließen. Es war schließlich Kerstin, die die Intimität brach, sich aufsetzte und sie beide mit einem „Jetzt habe ich aber Hunger und Durst" wieder in das Hier und Jetzt zurückholte.

Nach einem ausgiebigen Picknick verbrachten die beiden den Großteil des Nachmittags mit Baden und Schlafen, während die beiden Pferde sich an den Grasbüscheln gütlich taten, die auf den sonnigen Flecken zwischen den Bäumen wuchsen. Erst der wieder aufkommende Hunger trieb die beiden dazu, schließlich die Stuten wieder zu satteln und sich auf den deutlich beschwerlicheren Rückweg zu machen, den sie trotz Kerstins Ortskenntnis wegen der allgegenwärtigen Menschenmassen über weitere Strecken nur im Schritt gehen konnten. Nur die letzten Kilometer kamen sie besser voran, weil Kerstin sie über Feldwege und Futterwiesen durch das Hinterland des übervölkerten Strandes führte. Mit einem Sprung über die schon bekannte Hecke landeten sie schließlich wieder auf dem Rasenstück neben dem Verwalterhaus, das allem Anschein nach bereits verlassen war, jedenfalls war von den Arbeitern und ihren Pritschenwagen nichts mehr zu sehen.

## Sue

Sue zitterte ein wenig, als sie sich wieder aufrichtete. Der Anfall morgendlicher Übelkeit hatte sie diesmal plötzlich und unvorbereitet getroffen, sie fröstelte in ihrem leichten Nachthemd. In Ermangelung greifbarer Alternativen riss sie ungeduldig ein größeres Stück Toilettenpapier von der Rolle, wischte sich damit Mund und Kinn ab, nahm ein zweites Stück, tupfte sich damit den kalten Schweiß von der Stirn und warf dann alles in die Schüssel, bevor sie die Spülung betätigte.

Sie ging immer noch leicht zitternd über den Flur in das angrenzende Badezimmer. Ihr eigener Bademantel war nirgends zu sehen, Sue griff also, ohne viel nachzudenken, nach dem einen, der an einem Haken auf der Innenseite der Tür hing, schlüpfte hinein und band den Gürtel. War das Lars Parfum, das ihr da in die Nase drang? - Es war ihr in diesem Augenblick gleichgültig. Es dauerte ein paar Minuten, bis sie wieder ein wenig aufgewärmt war und ihr Körper aufhörte, zu zittern. Sie wandte sich dem Waschbecken zu und starrte eine Weile ihr eigenes Spiegelbild an, blass, unfrisiert, Ringe unter den Augen und die Spuren der Übelkeit noch deutlich erkennbar. Sie öffnete den Wasserhahn, wartete nicht darauf, dass das Wasser warm wurde, schöpfte mit beiden Händen vom Strahl und wusch sich gründlich das Gesicht. Das eiskalte Wasser brannte ein wenig auf ihren Wangen, aber immerhin röteten diese sich ein wenig, und sie sah nicht mehr ganz so blass aus. Sie griff nach ihrer Haarbürste und brachte auch ihr Haar notdürftig in Ordnung.

Tee, dachte sie, ein heißer Tee, als sie in die Küche tappte. Während das Wasser im Wasserkocher zu blubbern begann, kramte sie in der Plastikdose, in der sich allerhand Teebeutel befanden. Schließlich fand sie ein Päckchen Kamille. Ja, das würde guttun. Sie schenkte Wasser in eine große Tasse, hängte den Teebeutel hinein und setzte sich an den Küchentisch.

Auch wenn Sue erst in ein paar Tagen Termin bei ihrer Frauenärztin hatte, war ihr im Grunde klar, was mit ihr los war. Es gab auch andere Anzeichen, zuletzt hatten vor einigen Tagen ihre Brüste fast schmerzhaft gespannt, doch mittlerweile waren die Signale nicht mehr länger zu verdrängen: Ihr Körper teilte ihr unmissverständlich mit, was eigentlich nicht möglich war: Sue trug ein Kind unter ihrem Herzen. Was ihr mehr Kopfzerbrechen machte, war das „wie konnte das sein?". Seit sie sich erinnern konnte, hatte sie auf hormonelle Verhütung gesetzt, mit dem Wechsel zu ihrer jetzigen Ärztin in Form einer komfortablen Spritze, die sie sich alle drei Monate dort abholte. Alle drei Monate? - Jetzt, wo sie darüber nachdachte, schoss es ihr siedend heiß ein: Das letzte Mal, an das sie sich erinnerte, war an einem eiskalten Wintertag gewesen. Doch wieso war das passiert? Ihr Kalender hätte sie doch erinnern sollen? Aber noch eine ganz andere Frage drängte schlagartig in ihr Bewusstsein: Wie viele Männer hatte sie in den letzten beiden Monaten gehabt?

Sie kam nicht dazu, weiter darüber nachzudenken. Sie fühlte kurz eine Hand auf ihrer Schulter, sah seltsam fasziniert zu, wie zwei Hände den Teebeutel aus der Tasse nahmen und mit einem Löffel ausdrückten, hörte wie von fern die Worte der vertrauten Stimme: „Jetzt trink einmal, dann geht es dir gleich besser." Das tranceartige Gefühl verging, sie griff nach der Tasse, blies ein paar Mal in die heiße Flüssigkeit, so wie sie es schon als Kind getan hatte, und führte sie dann an ihre Lippen. Der erste Schluck war unangenehm heiß, sie blies noch einige Male in die Tasse und begann dann langsam zu trinken. Nahezu augenblicklich verbreitete sich ein angenehmes Gefühl der Wärme von ihrem Magen aus durch ihren Körper. „Danke, Hendrik", stammelte sie. „Und guten Morgen."

„Shht", machte der nur. „Jetzt nicht reden, es wird alles gut." Er setzte sich neben sie auf die Bank, sie war in diesem Augenblick unendlich dankbar, dass sein Arm sie umfing, suchte und fand seine Schulter, die sie jetzt gerade einfach zum Anlehnen brauchte. Seine andere Hand nahm die ihre, hielt sie einfach fest, während sie ihren Gefühlten freien Lauf ließ und einfach hemmungslos zu schluchzen begann. Es brauchte offenbar keine Worte, Hendrik schien die Situation erfasst zu haben, aber was noch wichtiger war: Er war da, er gab ihr in diesem Augenblick den Halt und die Sicherheit, die sie so dringend brauchte.

Sie wusste nicht, wie lange sie so dagesessen hatten, bis schließlich ihre Tränen versiegten und sie sich etwas verlegen von ihm losmachte. Er war immer noch da, plötzlich hielt er en Taschentuch in seinen Händen. Sie nahm es dankbar, tupfte sich erst die restlichen Tränen aus den Augen und von den Wangen und schnäuzte sich dann gründlich. „Wir müssen wohl reden", sagte sie schließlich. Er antwortete nicht gleich. „Ja, das müssen wir wohl, aber nicht gleich. Ich möchte dir zuerst etwas anderes zeigen. Etwas, wo es nicht ausreicht, dass man es ausspricht: Ich möchte, dass wir es in diesem Augenblick gemeinsam fühlen." Damit nahm er sie einfach an der Hand und führte sie zurück in ihr gemeinsames Schlafzimmer. Er nahm ihr den Bademantel ab, zog ihr das Nachthemd über den Kopf und manövrierte sie dann sachte in ihr gemeinsames Ehebett. Eine heftige Woge der Erregung durchströmte seinen Körper, als er seinen eigenen Morgenmantel achtlos zu Boden gleiten ließ, ins Bett kletterte und sich zärtlich auf seine Frau schob, die ihn schon mit breiten Beinen und nasser offener Spalte erwartete. „Alles wird gut werden", war der letzte Gedanke, den Sue klar fassen konnte, bevor sie sich vom zärtlichen Liebesspiel ihres Mannes überrollen ließ.

## Housewarming bei Donna

Silke hatte eigentlich keine große Lust, überhaupt zu dieser Party zu gehen. Es war jetzt erst ein paar Wochen her, dass Donna das Verwalterhaus übernommen hatte, aber Silkes erster Eindruck hatte sie nicht getäuscht: Donna war eine anstrengende, fordernde Mieterin, die das Leben auf dem Hof bereits gehörig durcheinandergewirbelt hatte. Lars war die letzten Wochen damit restlos ausgelastet gewesen, die „paar Kleinigkeiten" zu organisieren, die Donna in der Einrichtung des Hauses noch geändert haben wollte. Dann hatte Donna „darum gebeten", dass sich Silke doch bitte um Reinigung, Hauswirtschaft und Einkauf für das Haus kümmern möge: „Du führst doch hier ohnehin eine große Wirtschaft, da wirst du das ja mitmachen können. Ich bezahle dir das natürlich, Schatz", was sie in ziemliche Bedrängnis brachte, da sie außer Anja und Uwe kein Personal beschäftige und die beiden eigentlich mit dem Reitstall und ihrem eigenen Haushalt ausgelastet waren. Doch Lars hatte ihre diesbezüglichen Einwände abgetan: „Dann nimmst du dir halt stundenweise noch jemanden, hier heraußen wird es ja einige Hausfrauen geben, die sich etwas dazuverdienen wollen. Du musst nur dafür sorgen, dass es auch funktioniert." Versuche, ihre Tochter Kerstin für irgend einen Beitrag zu gewinnen, schlugen erwartungsgemäß fehl: „Du erwartest nicht ernsthaft, dass ich für die Flitsche arbeite, die dein Lover hier angeschleppt hat? Und pass mal nur auf, dass Antje dir nicht davonläuft, wenn sie nur noch putzen soll."

Wenigstens hatte Silke Lars noch überreden können, die alte, schon lange nicht mehr benutzte direkte Zufahrt zum Verwalterhaus so weit instand setzen zu lassen, dass die Lieferfahrzeuge, Besucher und Donna selbst nicht zu jeder Tages- und Nachtzeit über den Hof fuhren, den sie eigentlich für die Pferdewirtschaft und den Betrieb des Reitstalles benötigte, nachdem es schon vor Donnas Einzug beinahe zu einem Unfall mit einem Kind gekommen wäre. „Kein Thema, Schatz, ich sorge dafür, dass wir außen rum fahren, das ist für alle Beteiligten das beste", hatte Donna den Vorfall mit einer wegwerfenden Handbewegung abgetan, als Silke sie darauf ansprach. Immerhin, ein Problem weniger.

„Schau, Lars, das sind alles Leute aus der Stadt, da passe ich Landei doch überhaupt nicht dazu", hatte sie versucht, sich für den Abend zu entschuldigen. „Das mag alles sein, aber wir vermieten ihr das Haus als Paar, und wir sind als Vermieter zum Housewarming geladen, du würdest Donna ziemlich brüskieren, wenn du nicht kommen würdest. Die Miete nimmst du ja auch gern von ihr." Silke seufze innerlich, aber auch wenn sie die harte, schnörkellose Art nicht mochte, mit der Lars ihr das vorhielt, wusste sie doch, dass er nicht Unrecht hatte. Es war schon schwierig genug, dass Kerstin es rundweg ablehnte, der Einladung zu folgen. „Schlimm genug, dass meine Partnerin dort servieren muss, aber das ist ihre Sache. Aber ich werde dort nicht die feine Dame spielen und mir von Antje den Champagner bringen lassen." Was Silke auch wieder gut verstehen konnte. Also gut, sie würde Kerstin mit irgend einem Vorwand entschuldigen.

Lars hätte sich eigentlich nicht umziehen brauchen, er hatte lediglich geduscht, die schwarze Hose und das schwarze T-Shirt, das er – offenbar als Uniform seines Berufsstandes – den ganzen Tag trug, gegen eine gebügelte schwarze Hose und ein gebügeltes schwarzes T-Shirt getauscht und ein leichtes schwarzes Leinenjackett angezogen, das – so vermutete Silke – nach spätestens 10 Minuten in irgend einer Ecke landen und vermutlich dort vergessen werden würde. Sie selbst hatte beschlossen, auf Nummer Sicher zu gehen und trug ein schlichtes, ein wenig ausgestelltes schwarzes Cocktailkleid, dessen Saum knapp über dem Knie endete, dazu dünne schwarze Seidenstrümpfe und die cremefarbene gehäkelte Stola, die sie noch von ihrer Oma hatte. Vormittag hatte sie sich bei der Friseurin im Ort eine Aufsteckfrisur machen lassen, da es am Abend im Freien windig werden würde und sie keine Lust hatte, ständig mit ihren offenen Haarsträhnen beschäftigt zu sein.

„Hinreißend, einfach hinreißend", kommentierte Lars, als sie in ihr einziges Paar Schuhe mit Absatz schlüpfte. Sie schenkte ihm ein Lächeln. „Na dann, auf in den Kampf", antwortete sie, ohne das Kompliment zu erwidern. Lars hatte es mit seinem Parfum ein wenig übertrieben, ein sicheres Zeichen, dass er erwartete, andere Frauen zu treffen. Sie gingen also unter den Blicken von Uwe, der vor der Türe des Gesindehauses gerade seine unvermeidliche Zigarette rauchte und ihnen ein „viel Vernjüen, Scheffin" nachrief, über den Hof und den kurzen Weg zum Verwalterhaus, von dem schon der Lärm zahlreicher Stimmen zu ihnen herüberdrang. Die neue Zufahrt und der Platz vor dem Verwalterhaus waren schon mit einer Ansammlung meist dicker, dunkler Autos verstellt, neben einigen HH prangten die PI, WL, RZ und OD, die dem Ortskundigen den Hamburger Speckgürtel verrieten. Silke konnte förmlich spüren, wie Lars sich innerlich von ihr entfernte, als er sich wieder der Welt näherte, in der er sozialisiert war: Sein Blick streifte über die Wagen, er schien einige wiederzuerkennen, sein Rücken straffte sich, als sie um das Haus herum und auf die Terrasse gingen, auf der der Empfang der Gäste schon in vollem Gange waren.

„Darf ich auch euch ein Glas Sekt anbieten, oder lieber Sekt Orange?" Silke schreckte aus ihren Gedanken auf, als sie Antjes Stimme in dieser ungewohnten Umgebung hörte. Hat Donna sie also doch herumgekriegt, dachte sie bei sich, wahrscheinlich zahlt sie die Hälfte mehr als ich, da ist das mit der freien Zeit mit Kerstin dann plötzlich doch nicht mehr so wichtig. Nun gut. „Danke gern, Sekt Orange für mich", hörte sie sich selbst antworten und ließ sich von Antje eines der Gläser reichen. Lars nahm abwesend selbst ein Glas Sekt vom Tablett, er war schon auf dem Weg, die ersten Gäste zu begrüßen. „Und das ist Silke, meine entzückende Partnerin, sie betreibt hier in dieser traumhaften Lage den Reitstall. Eigentlich hat Donna es ihr zu verdanken, dass sie dieses Juwel gefunden hat. Silke, das sind Jan und Carina, sie sind vom Hamburger Abendblatt." Silke lächelte mechanisch und hob ihr Glas. „Freut mich", antwortete sie, sie würde wohl keine Chance haben, sich die Namen der dreißig, vierzig Menschen zu merken, die hier schon versammelt waren. Nach zwanzig Minuten weiterer Vorstellungen („… vom Spiegel", „… leitet die Literaturecke der Bild, du würdest nicht glauben, dass es so etwas gibt", „… eine der interessantesten Sachbuchautorinnen der letzten Zeit, bei Springer unter Vertrag") schwirrte ihr nur mehr der Kopf.

Schließlich kehrte Ruhe ein, als Donna, gekleidet in einer schwarzen Hose, einer cremefarbenen Bluse und einem roten Samtjackett, dazu halbhohe rote Pumps, in einer der offen stehenden Terrassentüren erschien, sich von der herbeieilenden Antje ein Glas Sekt reichen ließ und mit einem Löffel ein paarmal dagegen schlug. „Liebe Freundinnen, liebe Freunde", begann sie, und ihre dunkle melodiöse Stimme ließ die restlichen Gespräche auf der Terrasse augenblicklich verstummen. „Ihr werdet wieder einmal sagen, typisch Donna, kommt zu ihrer eigenen Party zu spät. Aber ihr müsst mir glauben, dies eine mal war es nicht geplant, manchmal hilft mir auch ein simpler Verkehrsstau bei meinen Auftritten." Sie wartete, bis das einkalkulierte allgemeine Gelächter wieder verebbte. „Aber ich sehe, ihr habt schon ohne mich angefangen, das ist gut. Ich werde euch nicht lange vom Feiern abhalten. Erlaubt mir nur, euch, den innersten Kreis meiner langjährigen Freunde und Wegbegleiter, hier in meinem neuen Domizil an der zauberhaften Ostsee zu begrüßen. Für mich ist das ein magischer Ort, verbunden mit Erinnerungen an die früheste Kindheit, meine Großmutter stammte aus einem Dorf ganz hier in der Nähe, ich habe keine 10 Kilometer von hier schwimmen gelernt. Und jetzt habe ich es Lars zu verdanken, dass er für mich dieses Juwel entdeckt und gemeinsam mit seiner Partnerin Silke zu einem zeitgemäßen Atelier auf dem Land umgebaut hat. Und hier hoffe ich künftig die Ruhe und Kraft zu finden, euch und meine Leserinnen und Leser mit immer neuen Geschichten versorgen zu können, die die einen begeistert lesen, die anderen ebenso begeistert in der Luft zerreißen können." Sie wartete, doch die Pointe war wohl nicht so gelungen, das Gelächter war verhalten. „Wie auch immer, ich bitte Lars und Silke zu mir, sie sind die Stars des heutigen Abends, ohne sie wäre das alles hier nicht entstanden."

Silke war vollkommen überrumpelt, als Lars ihre Hand ergriff und ihnen entschlossen einen Weg durch die Menge bahnte. „Immer nur lächeln, den Rest mache ich", raunte er ihr zu, während sie damit beschäftigt war, mit den ungewohnten hohen Schuhen nicht zu stolpern. Gut, lächeln, das würde sie schaffen. Als die beiden endlich neben Donna standen, rief diese ein „Heißt die beiden mit mir willkommen", in die Menge, die mit artigem Applaus reagierte. Lars wartete, bis der Lärm wieder abgeebbt war, straffte seinen Rücken, blickte in die Runde wie ein Habicht und ergriff dann das Wort. „Liebe Freundinnen und Freunde, und insbesondere du, Donna. Erst mal danke, danke, danke. Danke für die Blumen die du mir, aber noch viel mehr meiner Partnerin Silke streust. Seit dem Augenblick, an dem du das erste Mal hier hergekommen bist und dich augenblicklich in das damals noch unrenovierte Verwalterhaus des Gutes verliebt hast, das Silke von ihren Eltern bereits in fünfter Generation übernommen hat, haben wir beide uns nur einem Ziel gewidmet: Daraus einen Ort zu schaffen, in dem Donna, unsere Dichterfürstin, die Ruhe und Kraft finden wird, uns alle mit noch mehr von den zauberhaften Geschichten zu beschenken, die wir alle von ihr kennen und lieben. Jetzt, ein Jahr später, ist alles fertig, und wir hoffen, dass alles zu deiner Zufriedenheit ausgefallen ist, alte Freundin. Silke und ich stehen selbstverständlich Tag und Nacht bereit, dir jeden Wunsch von den Lippen abzulesen und das Unsere dazu beizutragen, dir hier eine echte, authentische Umgebung für dein Schaffen zu bieten, das uns allen so viel Freude bereitet. Hebt mit mir das Glas auf Donna, unsere Dichterfürstin!" Ein lautes, vielstimmiges Cheers kam als Antwort, Donna stieß erst mit Lars, dann mit Silke an. „Lars, Silke", rief sie. „Einfach danke euch beiden. Dich, Lars kenne ich ja schon seit vielen Jahren, und mit Silke habe ich in der Zeit der Vorbereitung schon innige Freundschaft geschlossen. Zeit, auch sie jetzt offiziell in unserem Kreis willkommen zu heißen. Herzlich willkommen Silke." Donna drückte Lars ihr Glas in die Hand, ging einfach auf Silke zu und umarmte sie unter dem Jubel der Gäste ostentativ. „Danke, danke, ich freue mich, dich als Freundin gewonnen zu haben, Donna", konnte sie nur vollkommen perplex stammeln, doch ihre Worte gingen im allgemeinen Trubel ohnehin unter.

„So, ich merke, ihr wollt schon weiterfeiern, ich erkläre also hiermit meine kleine Housewarming Party für eröffnet, und – was für euch von der journalistischen Branche das wichtigste ist, wie ihr mir schon mehrfach einbekannt habt: Das Buffet ist eröffnet." Donna beachtete das allgemeine Gelächter nicht, wandte sich um und ging wieder ins Haus zurück. Sie hatte einen heftigen Migräneanfall und eigentlich das Bedürfnis, sich ein paar Stunden hinzulegen, aber das ging wohl hier nicht, das einzig verfügbare Bett stand mitten im Raum und war Teil der Inszenierung. Sie kramte also in ihrer Handtasche und suchte zwei von den Tabletten heraus, die sie für solche Fälle immer mit dabei hatte, und hoffte inständig, dass nur ein kleiner Teil von dem wahr wäre, was sie gerade gesagt hatte, und sie tatsächlich einmal ein paar Tage der Muße finden würde, hier hernaußen zur Ruhe zu kommen. Doch heute würde noch eine lange Nacht werden.

# Georg

Als Silke gegen halb elf Uhr auf die Party zurückkam – sie hatte sich zwischendurch mit dem Hinweis auf das Catering und den Getränkenachschub entschuldigt, sich aber in Wirklichkeit ein wenig schlafen gelegt – war die Gesellschaft bereits ziemlich dezimiert. Die meisten Gäste waren wohl doch eher nur gekommen, um bei diesem Event gesehen zu werden, und waren wohl schon wieder auf dem Rückweg nach Hamburg und Umgebung, was je nach Destination eineinhalb bis zwei Stunden in Anspruch nehmen würde. Der innere Kreis um die Dichterin hatte sich offenbar bereits auf die Galerie zurückgezogen. Lars war nirgendwo zu sehen, sie nahm an, dass er beim intimeren Teil der Party dabei sein würde und sie ihn vor morgen Mittag nicht zu Gesicht bekommen würde. Sie selbst hatte nicht den Eindruck, dass man auf ihre Anwesenheit sonderlichen Wert legte, man hätte sie das wohl sonst wissen lassen, und verzichtete auf nähere Nachforschungen.

Sie nahm also ein Glas ein wenig abgestandenen Sekt von einem Tablett, das verwaist auf der Küchenbar stand, auch Antje war nirgendwo zu sehen. Ziellos schlenderte sie durch das Wohnzimmer und die offene Türe hinaus auf die Terrasse und blickte über die vertrauten Wiesen und Bäume auf die mondbeschienene Ostsee. Sie wusste nicht, wie lange sie so dort gestanden hatte, als sie ein leises „nicht erschrecken" aus ihren Gedanken riss. Sie sah sich um, der Mann stand in respektvollem Abstand von ihr an der Kante der Terrasse. Er war einen halben Kopf größer als sie, im Mondschein konnte sie krauses, bereits grau meliertes Haar und einen Bart erkennen, der das Gesicht einrahmte. „Nein, nein", antwortete sie reflexhaft. Sinnlos zu versuchen, sich an den Namen zu erinnern, falls er ihr überhaupt vorgestellt worden war. „Ich weiß nicht, ob wir

einander heute schon begegnet sind, ich bin jedenfalls Silke",
sagte sie dann freundlich in seine Richtung. „Georg", antwortete er, seine Stimme war ein angenehmer Bariton. „Sie hatten
wohl keine Chance, sich alle Namen zu merken, aber nein, wir
wurden einander heute noch nicht vorgestellt. Ich war zu spät
für den Empfang, und danach war wohl noch keine Gelegenheit."

Sie, fragte sich Silke, was für ein wohltuender Unterschied zu
den Bussi-Bussi-Typen, die gar nicht lange fragten und sie einfach duzten. „Sie sind die Dame, der all dies hier gehört?" Silke blickte an sich herunter. Sie hatte sich in ihrem Cocktailkleid mit den hohen Schuhen von Anfang an unwohl gefühlt
und trug jetzt ein einfaches schwarzes Sommerkleid und dazu
dunkle Sneakers, die Strümpfe hatte sie ebenfalls weggelassen.
„Ja", sagte sie schlicht, „ich bin hier auf dem Gut aufgewachsen, habe es von meinen Eltern übernommen und hier eine
kleine Pferdewirtschaft mit Reitstall aufgebaut. Aber wer sind
Sie, wenn ich fragen darf?"

Georg ignorierte die Frage fürs Erste. „Und ein kleines feines
Immobilienbusiness nebenher. Und ich muss sagen, dies Haus
ist mit außerordentlich viel Stil und Charme renoviert." Silke
blickte eine Weile zu Boden. Das Interesse des Mannes schien
echt zu sein, sie wusste nur noch nicht genau, woran. „Daran
habe ich wenig Anteil, muss ich bekennen, mein Partner Lars
hat sich zum Großteil darum gekümmert." Ein verstehendes
Lächeln huschte über Georgs Gesicht. „Ah, sehen Sie, das
wusste ich noch nicht. Aber jetzt, wo Sie es sagen … ja doch,
das Haus trägt schon deutlich seine Handschrift." Silke war die
Situation in dem Moment etwas peinlich, es schien ihr allzu offensichtlich, dass Lars sich gerade in den Kreis derer eingereiht
hatte, die die Dichterin und ihr Gefolge umschwärmten wie
Motten das Licht. „Ja, und ich bin froh, dass er sich darum gekümmert hat. Ich fand es immer schon schade, dass diese alten
Gebäude so lange ungenutzt blieben. Die Tage, wo es hier ei-

nen Verwalter gab, sind schon sehr lange her, das war zu Zeiten meiner Großeltern. Aber sprechen wir doch über Sie? Wie stehen Sie zu Donna?"

Der große Mann antwortete wieder nicht gleich. „Ich erkläre es ihnen gern, aber das dauert ein bisschen. Wollen wir dazu ein Stück gehen? Es würde mich wundern, wenn Sie nicht einen Weg über die Wiesen hinunter zum Strand kennen würden. Hier werden wir vermutlich nicht mehr vermisst." Silke drehte sich um und folgte seinem Blick. Im Haus war das Licht bereit gelöscht, nur von der Galerie kam der flackernde Schein zahlreicher Kerzen. „So viel kann ich Ihnen vorweg sagen: Ich gehöre nicht zu denen, die in einer langen Reihe vor ihrem Bett anstehen. Ich habe mit Donna nur dienstlich zu tun. Ich bin leitender Lektor des Verlages." Silke musste schmunzeln. „Na gut, ich nehme an, das ist nicht die ganze Geschichte. Gehen wir." Damit sprang sie leichtfüßig über die niedrige Kante der Terrasse, die ohne feste Abgrenzung in die umgebende Wiese überging, und steuerte einen schmalen Durchschlupf in der nahe gelegenen Hecke an. „Vorsicht, ein bisschen stachelig", sagte sie, als sie routiniert die Zweige ein wenig auseinander drückte und Georg vorgehen ließ, bevor sie hinter ihm durch das Geäst schlüpfte. Sie erreichten den kaum erkennbaren Saumpfad, den sie bisweilen auch zu Pferd als Abkürzung benutzte.

„Wir können uns übrigens du sagen", sagte sie leichthin, und wusste eigentlich nicht genau, warum sie das tat. Georg lächelte. „Gern. Was ich dir jetzt erzählen werde, ist ohnehin etwas, was besser unter Freunden bleiben sollte. Das Anstoßen darauf müssen wir halt ein andermal nachholen." „Ja, versprochen, aber jetzt mach es nicht so spannend, so lang ist der Weg hinunter auch wieder nicht." Silke ging ein wenig abseits des Weges im niederen Gras, damit sie nebeneinander gehen konnten, der Weg würde bald breiter werden. „Also gut, beginnen wir einmal mit einer Frage: Hast du schon etwas von Donna gele-

sen, und wie gut passt für dich die Person, die du kennengelernt hast, zu ihrem Werk?" Silke dachte eine Weile nach. Sie
hatte tatsächlich nicht mehr als die Hälfte eines der Bücher gelesen, es handelte sich ihrer Ansicht nach um gehypten irrele-
vanten Schund. „Ich bin dieser Frau jetzt einige Male begegnet,
die ist derart damit ausgelastet, die ständig gefragte Frau von
Welt zu geben, die einem knallvollen Terminkalender nachhe-
chelt, dass ich mir ernsthaft frage, wann die zum Schreiben
kommen sollte. Und was deine andere Frage betrifft …" Silke
schwieg eine Weile. „Ich weiß nicht, wie ich das ausdrücken
soll. Es wirkt so wie … hmmm … eine genau kalkulierte Ansammlung von Klischees, zusammengehalten von einem aus-
tauschbaren Handlungsgerüst. Ich habe nur ein halbes Buch gelesen, aber ich nehme an, dass bei den anderen 23 ½ nichts
mehr wesentlich neues kommt." Georg nickte anerkennend.
„Es ist selten, dass man das von jemandem so präzise und doch
so schonungslos ausgesprochen hört. Und noch dazu so zutreffend."

Die beiden gingen eine Weile schweigend nebeneinander her
bis sie den Schotterweg erreichten, der  über die kleine Holz-
brücke und die Böschung auf den Strand hinunterführte.
„Rechts oder links?", fragte Silke. „Links, wenn ich es mir aussuchen darf", gab Georg ohne zu zögern zurück. Der Strand lag
verlassen im Mondlicht, die Arbeiter der Gemeinde hatten
Müll und sonstige Spuren des vergangenen Tages bereits besei-
tigt und alles für den morgigen Ansturm an Besuchern vorbereitet. Hinter den in sauberen Reinen aufgestellten Strandkör-
ben und dem etwas verloren wirkenden Kiosk lag die ruhige
Ostsee, beschienen von einem fast vollen Mond. Silke wehrte
sich nicht, als Georg nach ihrer Hand griff. „Zutreffend?", fragte sie schließlich nach. „Ach ja, ich habe mich wohl zu sehr
von der Stimmung verzaubern lassen und vergessen, weiterzusprechen. Verzeih. Also." Er wartete noch eine Weile, schien
zu überlegen. „Von wenigen Ausnahmen abgesehen, geht es
heute beim kommerziellen Schreiben schon lang nicht mehr

darum, irgend einen Autor oder eine Autorin zu ,entdecken‘, die die sensationellen Ideen, Gedanken und Ausdrucksfähigkeit hat, originäre Geschichten zu erzählen, auf die die Welt gewartet hat. Schon die letzten zwanzig, dreißig Jahre legen nicht mehr die Autoren fest, was und worüber sie schreiben, sondern die Marketingabteilungen der Verlage, die ein sorgfältig auf die jeweilige Zielgruppe abgestimmtes Programm zusammenstellen und dazu Autorenfiguren formen, die gewisse Images, Klischees und Vorurteile der Leserschaft bedienen.“

„Ja, so weit war mir das schon klar“, antwortete Silke, die zu ahnen begann, worauf das ganze hinauslaufen würde. „Feministische Bücher müssen von jungen, frechen Frauen mit Kurzhaarschnitt geschrieben werden, Kochbücher von leicht übergewichtig wirkenden biederen Hausfrauentypen, neuerdings auch von drahtigen jungen Männern, und so weiter.“ „Exakt. Es hat sich allerdings beim Bemühen, die Autoren mehr in den Fokus der Buchvermarktung zu rücken, ein grundlegendes Problem ergeben.“ „Am Ende gar, dass Leute, die ernsthaft schreiben, nicht herumgereicht werden wollen, und schon gar nicht in der Bussi-Bussi-Society? Und dass man daher nur wenige Autoren hypen kann, vor allem die, die schon aus anderen Gründen Teil der Klatschspalten sind und halt ,auch mal‘ ein Buch schreiben?“ „Richtig, was wiederum das Problem aufwirft, dass diese Leute weder Ahnung noch Geneigtheit zum Schreiben haben und die Arbeit meist von Ghost Writern erledigt werden muss.“

Sie waren schon ein gutes Stück gegangen, in der Ferne tauchten schon die Häuser des nächsten Weilers auf. „Aber was hat das jetzt mit Donna zu tun?“, fragte Silke nach. „Die war doch meines Wissens vorher vollkommen unbekannt und ist wie eine Sternschnuppe vom Himmel gefallen.“ „Ganz recht. Donna ist ein Pilotprojekt unseres Verlages für einen ganz neuen Zugang zu dem Thema. Man geht den Weg konsequent zu Ende und sucht einfach eine passende Persönlichkeit, die eine maßgeschneiderte Autorenfigur verkörpert." „Das heißt, sie hat in Wirklichkeit keine Zeile von dem geschrieben, was unter ihrem Namen vermarktet wird?" Georg nickte. „Sie wurde nach ganz anderen Kriterien rekrutiert. Natürlich brauchst du eine Person, die dazu in der Lage ist, die Bücher sinnerfassend zu lesen und auch ein paar kluge Sätze darüber sagen zu können. Auf dem erbärmlichen Niveau der meisten Journalisten ist das zum Glück keine Raketenwissenschaft. Aber geschrieben werden sie unter meiner Leitung in einer Schreibwerkstätte von fest angestellten professionellen Schreibern."

Silke ließ das Gehörte ein wenig auf sich wirken. „Aber wie rekrutiert man so schillernde Persönlichkeiten wie Donna? Ich meine, man kann ja nicht gut eine Stellenausschreibung hinausgeben, in der Selbstinszenierung als Enfant Terrible als Schlüsselqualifikation genannt wird." Georg musste wider Willen laut lachen. „So wie du das formulierst …", sagte er schließlich. „Aber die Frage ist natürlich gut und valide. Nein, diese Figuren werden nicht mit Stellenausschreibungen gesucht, sondern mit Scouts, die sich vorrangig in Erwachsenenbildungseinrichtungen herumtreiben, die den weniger privilegierten Schichten zugänglich sind. Maturaschulen, Fachhochschulen, Kollegs, all das. Und dort halten sie nach passenden Persönlichkeiten mit Biss Ausschau, die aus ihrem kleinbürgerlichen Milieu ausbrechen wollen und denen nahezu jedes Mittel dazu recht ist. Donna zum Beispiel hat nach der mittleren Reife als Azubi bei einem Lebensmittelkonzern angeheuert, sich dort nach dem Lehrabschluss innerhalb kürzester Zeit zur Filialleiterin hochgearbeitet und war gerade daran, sich in Abendkursen die notwendige Qualifikation für den Aufstieg ins mittlere Management zu verschaffen. Dass sie jede Menge Selbstbewusstsein und nahezu unnachgiebige Härte gegen sich selber hat, konnte jedermann dort leicht sehen. Und mit ein wenig Fingerspitzengefühl ist es dann gelungen, ihr die Rolle der Kunstfigur Donna schmackhaft zu machen. Dafür, dass das funktioniert, sorgt dann einfach eine großzügige Umsatzbeteiligung. Eine Win-

Win-Situation. Sie hat erreicht, was sie wollte, und wir haben einen Hype, der allein ein Viertel des Saisonumsatzes bringt. Und das schon seit Jahren. Und wie sie das erreicht, ist zwar naheliegend, aber das schreibt ihr niemand vor."

Silke sagte eine Weile nichts, sie waren inzwischen an dem kleinen Weiler angekommen. Georg lächelte: „Hier ist übrigens die kleine Pension, in der ich abgestiegen bin. Wenn du möchtest, können wir das mit dem Anstoßen noch nachholen, einen anständigen Whiskey hätte ich jedenfalls noch." Er lächelte sie dabei jungenhaft an. „Anstoßen, soso", antwortete sie. Im Grunde hatte sie die Situation so oder so ähnlich kommen sehen und ihre Entscheidung schon vor einer Weile getroffen. Die kleine Pension gehörte zwar Mirjam, einer Cousine von ihr, und wenn sie jetzt mit Georg mitging, würde die Geschichte herum sein, bevor sie wieder auf ihrem Hof zurück war, aber das war ihr herzlich gleichgültig, das was man hier einen „Ruf" nannte, hatte sie sowieso nicht mehr zu verlieren. „Na dann hoffe ich doch, dass wir beide den gleichen Begriff von ‚anständig' haben. Ich bin heute Nacht frei", antwortete sie, lächelte ihn aufmunternd an und ließ zu, dass er den Arm bereits um ihre Hüfte legte, als er sie durch die Türe der kleinen Pension eintreten ließ und über einen kurzen Flur zu einem der drei Zimmer führte.

# Herbst

## Mutter und Tochter

Es war bereits Montag Vormittag, als Silke schließlich das kurze Stück des Strandes entlang Richtung Hof zurückging. Es war ein trüber, windiger Morgen, es nieselte zeitweise leicht, sie hielt sich am oberen Rand des Strandes, wo es nicht so feucht war und ihre Sneakers nicht vollkommen durchnässt werden würden. Sie fröstelte, seit Samstag abend war die Temperatur um gut zehn Grad gefallen, der Wind pfiff durch ihr dünnes Kleid. Den halben Sonntag hatte sie bei Georg verschlafen, und die andere Hälfte ... nun ja. Ein wenig plagte sie schon das schlechte Gewissen. Montag war der Reitstall geschlossen, aber sie hatte Uwe und Antje mit dem Sonntagsgeschäft auf dem Hof einfach allein gelassen. Doch der Mann hatte sie unrettbar in seinen Bann gezogen, nachdem sich bereits beim sehr verspäteten Frühstück herausgestellt hatte, dass er dem „der Morgen danach"-Test ebenso mühelos bestand wie den der Nacht davor.

„Soll ich wenigstens Kerstin Bescheid sagen, du scheinst ja zu abgelenkt dazu", hatte Mirjam beim Frühstück süffisant zu ihr gesagt, wenngleich sie taktvoll genug gewesen war, das nicht vor Georg zu tun und sich ihm gegenüber auch nicht als Verwandte Silkes zu erkennen zu geben. „Ja danke, Schatz", hatte sie nur geantwortet. Mirjam kannte ihre Tante gut genug zu wissen, dass weiteres Geplänkel mit ihr vollkommen sinnlos war und beschränkte sich darauf, Kerstin anzurufen und ihr ausführlich mitzuteilen, dass sie ihre Mutter wohl nicht vor dem nächsten Morgen zu sehen bekommen würde.

Die Hoffnung, dass Silke Kerstin wenigstens nicht gleich als Erstes begegnen würde, als sie heim kam, erfüllte sich allerdings nicht. Als sie in die Küche kam, saß ihre Tochter gerade über einem reichlichen Frühstück allein am Tisch und blätterte nebenher auf einem Tablet Computer. Nun, was sollte es, dachte Silke, straffte ihren Rücken, zwang sich zu einem Lächeln und betrat den Raum mit einem „Moin, moin." „Na schau, unsere frisch Verliebte hat wieder nach Hause gefunden", kam es schnippisch von Kerstin zurück. Silke verkniff all den überlegenen Zynismus, den sie sich für diese Situation auf dem Heimweg zurechtgelegt hatte, als sie den Gesichtsausdruck ihrer Tochter sah. Hinter dem oberflächlichen Zorn war da nicht, wie so oft in der Vergangenheit, der kühle Ausdruck der Provokation. Diesmal sah sie den Schmerz in den Augen ihrer Tochter, und echte Sorge. Zeit gewinnen, dachte sie und drückte sich erst mal einen Kaffee auf der noch warmen Espressomaschine herunter. Sie nahm dann die Tasse und setzte sich zu Kerstin. „Reden?", fragte sie dann einfach. Das war im Laufe der pubertären Auseinandersetzungen zwischen den beiden zu einem Signalwort geworden: Masken runter, Ehrlichkeit, sagen was Sache ist, Lösungen suchen. Kerstin sah erstaunt auf, legte dann das Tablet weg und schluckte das „wenn du nicht zu müde vom ficken bist, gern" runter, das ihr auf der Zunge lag. „Okay", sagte sie stattdessen. „Wer beginnt?"

„Du", antwortete Silke. „Ich war bloß vögeln, aber du willst etwas loswerden." Kerstin schwieg eine Weile, ihr Ausdruck wechselte dann von Angriffslust auf Schmerz, die steile Zornesfalte auf ihrer Stirn verschwand, sie kämpfte sichtlich mit den Tränen, bevor ihr Stolz siegte. „Erst muss ich mir von Mirjam schnippisch erzählen lassen, dass meine Mutter bei einem One Night Stand picken geblieben ist wie eine siebzehnjährige und nicht einmal den Mumm hat, mich selber anzurufen. Dann hatte ich gestern den ganzen Tag zu tun, dir den Tag und das Geschäft zu retten, weil dein sonstiges Personal zu blöd dazu ist. Und letzte Nacht lag der Mann, mit dem meine Mutter eigentlich zusammen ist, auf meiner verfickten Freundin, und als Gipfelpunkt des schlechten Geschmacks hier im Haus, in deinem Bett. Brauchst du sonst noch was?"

Uff, das war eine harte Nuss, härter, als es Silke erwartet hatte. Silke sah ihrer Tochter eine Weile in die Augen, dann griff sie zu ihrem Mobiltelefon. „Uwe? Sattle uns bitte Darius und Avalon." Sie wartete eine Weile. „Ja jetzt." Wieder eine Pause. „Das ist mir gleichgültig, das kann die Viertelstunde warten." Sie legte auf. „Zieh dich an, wir müssen raus", sagte sie zu Kerstin. Die nickte nur, räumte rasch die Reste des Frühstücks weg und verschwand in Richtung ihres Zimmers. Zehn Minuten später trafen sich die die beiden Frauen in Reithosen, Stiefeln und dicken Norwegerpullovern im Hof, wo Uwe sichtlich missmutig bereits mit den beiden gesattelten Pferden auf sie wartete. „Danke, Uwe", sagte Silke nur knapp, die beiden stiegen auf und waren bald zwischen den Bäumen auf dem Weg zum Verwalterhaus verschwunden. Uwe blickte ihnen eine Weile nach, schüttelte den Kopf und zündete sich eine Zigarette an.

Es brauchte keine Worte zwischen den beiden, es war klar, wo es hinging. Die feuchte Wiese hinunter zum Strand im scharfen Galopp, dann vorsichtiger, bis sich die wenigen Menschen am Stand ganz verloren, durchs knöcheltiefe Wasser wieder im Galopp, bis zu dem schmalen Damm, der vielleicht einen halben Kilometer ins Meer hinausführte, bis zu der felsigen kleinen Insel, auf der ein halb verfallener steinerner Leuchtturm stand. Sie nahmen den Pferden das Zaumzeug ab, Silke suchte und fand den Stein, unter dem der große rostige Schlüssel lag, der zu dem ebenso rostigen Eisentor im Sockel des Leuchtturms passte. Sie schloss auf, quietschend öffnete sich die Türe, die beiden stiegen hinauf bis auf die Plattform, auf der bis auf einen Betonsockel, auf dem einst wohl die Signallampe gestanden hatte, nichts mehr erhalten war. Die beiden setzten sich auf den Sockel, sagten eine Weile nichts, warteten, bis sich die zahlreichen Möwen an ihre Anwesenheit gewöhnt hatten und unbeirrt wieder ihre Kreise zogen. Der Wind zerrte am offenen Haar der beiden Frauen, doch die Pullover hielten sie warm.

„Danke erst mal fürs Einspringen, Kind. Ich bin unendlich dankbar, dass ich mich auf dich blind verlassen kann. Und was das andere betrifft …" Silke machte eine lange Pause, bevor sie den nächsten Satz aussprach: „Ich habe einer Schwäche nachgegeben, ja. Mehr gibt es dazu nicht zu sagen. Zumindest was mich betrifft." Silke schwieg eine Weile. Sie forschte in sich, ob es einen Grund geben könnte, sich bei ihrer Tochter dafür zu entschuldigen, aber sie fand keinen. Abgesehen von … „Dass ich dich nicht selbst angerufen habe, tut mir leid. Ich war in dem Augenblick zu feig dazu. Dafür entschuldige ich mich in aller Form, das hätte ich dir nicht zumuten dürfen." Silke schwieg. Eine Weile geschah gar nichts, dann fühlte sie, wie sich Kerstins Hand behutsam auf die ihre legte. „Ach lass gut sein Mami. Ich weiß schon, ich mache es dir nicht gerade leicht. Tut mir leid wegen heute früh, es ist halt ein bisschen viel zusammengekommen. Was Mirjam betrifft, mach dir keine Sorgen." Kerstin hielt ein wenig inne, drückte dann Silkes Hand ein wenig fester. „Sie hat erst die Antwort bekommen, die sie verdiente, doch du weißt, sie ist mir nahe genug, dass wir dann herzlich drüber lachen konnten."

Silke schluckte ihren momentanen Ärger hinunter. Der Punkt ging wohl verdient an Kerstin, aber Spott hatte sie sich nicht verdient, fand sie. Oder war es kein Spott? Egal, das war nicht das, worüber sie mit Kerstin reden wollte. „Na, wenn ihr euren Spaß hattet", lächelte sie schließlich. „Aber irgend etwas sagt mir, dass das nicht der eigentliche Punkt ist. Irgend etwas anderes, Grundsätzlicheres bedrückt dich. Magst du mir sagen, was es ist? Dass deine Antje Männern nicht abgeneigt ist, das hast du doch auch nicht erst gestern bemerkt. Es geht mich ja nichts an, aber ich dachte, ihr habt da eure Vereinbarungen." Kerstin seufzte. „Ja Mami, haben wir, ich bin ihr ja nicht böse. Das ist ja auch nur ein winzig kleines Mosaiksteinchen in einem Gesamtbild, mit dem ich mich immer weniger wohlfühle." Silke wartete einfach, Kerstin würde weitersprechen, wenn sie so weit war.

„Das eigentliche Problem ist, das Antje und ich hier unser Leben verschwenden. Ich liege dir auf der Tasche, und die Abiturientin Antje, eine intelligente wache junge Frau, wäscht mir zuliebe hier Böden auf und hebt fette untalentierte Kinder auf Ponys, damit deren reiche Eltern ein paar Handyfotos davon machen können. Das hält sie nicht mehr lange durch, und das halte ich nicht mehr lange durch." Kerstin schwieg eine Weile. Silke wartete weiter, ihre Tochter war noch nicht fertig. Jetzt war es an ihr, deren Hand zu nehmen. „Und es tut mir in der Seele weh, wenn ich zusehen muss, wie die Leute, die du hierher geholt hast, mit dir umgehen, und wie du selber mit dir umgehst, Mama." Kerstin holte tief Luft. „Ich weiß, ihr nennt es Polyamorie, und ich weiß, dass das ganz allein deine Sache ist. Aber wenn du mich fragst: Polyamorie hat viel mit Liebe, Achtung und gegenseitigem Annehmen zu tun. Davon kann ich hier über weite Strecken nichts erkennen."

Kerstin hörte auf zu reden, doch Silke hatte sie noch sehr selten so aufgewühlt gesehen. Das war kein pubertärer Zorn, das war Verzweiflung, die wohl schon lang in ihrer Tochter nagte. „Sprich weiter, bitte, nimm keine Rücksicht, ich möchte dich noch besser verstehen, Kind." Kerstin blickte ihre Mutter lange an. „Also gut, du willst es so." Sie holte noch einmal tief Luft. „Aus meiner Sicht hat alles damit angefangen, dass dieser Lars hier aufgetaucht ist. Ich kann ja gut verstehen, dass du zu der Zeit schon zu lange allein warst und dir das immer gleiche Spiel mit deinem Pferdeknecht zu wenig war. Auch wenn ich keine Sekunde gespürt habe, dass da von seiner Seite auch nur ein Funken Liebe da war: Das wäre noch nicht das Problem gewesen." Silke nickte, das wusste sie im Grunde bereits selber. „Doch dann hat er begonnen, dich mit der Verlockung der Mieteinnahmen einzukochen und das als Vorwand zu nehmen, hier seine alten Bekannten anzuschleppen. Ohne Rücksicht auf irgend jemandes Gefühle als auf seine eigenen." Kerstin brauchte eine Weile, bis sie weiter sprach. „Erst dieses merkwürdige Ehepaar aus Hamburg. Nach zwei Wochen war klar, dass er Sue schon bumst, seit sie geschlechtsreif ist, und die Hälfte der Zeit war sie mit diesem lieben, aber reichlich naiven Hendrik verheiratet, der das nicht sah oder nicht sehen wollte. Den haben sie dann einfach hier vor vollendete Tatsachen gestellt. Und was tut meine Mutter?"

Kerstin schniefte ein wenig, Silke entgingen die Tränen nicht, die sie im Augenblick einfach ignorierte. „Was tut meine Mutter? Sie hört sich eine Woche lang das verlogene Gesülze über Polyamorie an und hüpft dann mit diesem Hendrik ins Bett, um in dem Spiel nicht ganz außen vor zu bleiben. Ein Mann, den du vor zwei, drei Jahren noch keines Blickes gewürdigt hättest." Silke musste heftig schlucken. „Und kaum hatte Lars damit seinen Freibrief, hat er sich an meine Antje rangemacht. Und an mich auch, nur hatte er damit keinen Erfolg." Kerstin suchte jetzt in ihrer Hosentasche doch nach einem Taschentuch und schnäuzte sich, bevor sie weiter sprach. „Ich weiß schon, die 300, die aus der Miete für das Gesindehaus jetzt fließen, sind sehr willkommen, und die anderen 500 auch, die diese Talmi-Dichterin bezahlt. Aber du hast mich eines gelehrt, Mama, und daran will ich dich jetzt erinnern: Wenn du dich schon darauf einlässt, Dinge zu tun, die dir nicht guttun, dann sei wenigstens ehrlich zu dir und rede dir nicht ein, dass es anders ist."

Silke konnte nicht mehr verhindern, dass sie wütend wurde. Sie starrte ihre Tochter an, doch die hielt ihrem Blick stand. Das ging ein paar Minuten so, doch dann wandte sie ihren Blick ab. Tränen begannen über ihre Wangen zu fließen. Und es tat ihr unendlich gut, dass Kerstin ihr eine Pause gönnte und einfach ihre Hand nahm. „Verzeih, Mami, aber du hast gefragt. Und es hilft sowieso nie, vor der Wirklichkeit die Augen zu verschließen. Sag mir einfach, wenn du für den letzten Teil bereit bist." Die Empathie, die in diesem Augenblick von ihrer sonst so sperrigen Tochter floss, die bedingungslose Liebe, die sie spürte, gaben ihr die Kraft zu sagen: „Mach weiter bitte. Es wird mich nicht umbringen."

„Okay. Also, wo war ich? Ach ja. Weißt du eigentlich, dass Sue schwanger ist? Und dass sie in Wahrheit nicht einmal weiß, von wem, weil sie einfach zu blöd war, ihre Verhütung rechtzeitig erneuern zu lassen?" Silke versuchte die letzten Wochen rekapitulieren zu lassen, doch sie hatte vor lauter Donna das andere Paar kaum zu Gesicht bekommen. Aber ja, möglich war es. „Und Hendrik? Wie nimmt er das auf?" Kerstin seufzte. „In mir krampft sich alles zusammen, wenn ich ihn leiden sehe. Er liebt Sue abgöttisch und wird das Kind wohl als seines annehmen. Es war leicht ihn dazu zu bringen, darüber zu sprechen. Ich habe dann aus Mitleid sogar mit ihm geschlafen." Silke zuckte zusammen, das hätte sie nicht für möglich gehalten. „Mach dir darüber keine Gedanken, er war nicht mein erster Mann, ich empfinde nur nicht besonders viel dabei. Ich freute mich daran, dass er sich dabei wohlgefühlt hat." „Weiß Antje davon?", fragte Silke nach. „Ja sicher, ich weigere mich, eine Beziehung zu führen, die auf Heimlichkeit oder gegenseitige Einengung basiert. Und sie hält das schon aus, muss ich ja auch."

„Und wegen gestern", fuhr Kerstin schließlich fort. „Mirjam und ich haben nicht gelacht, weil wir dich verspotten wollten. Im Gegenteil: wir haben uns darüber gefreut, dass du zumindest wieder einmal einen Tag verbringen durftest, in dem du ungeteilte Aufmerksamkeit und Zuneigung erfahren hast. Und vielleicht …" Silke wurde aufmerksam, als Kerstin so abrupt stoppte. „Vielleicht, was?" Kerstin zögerte eine Weile, sie hatte eigentlich nicht so viel darüber sagen wollen. Doch das ging wohl jetzt nicht mehr, dazu kannte Silke sie zu gut. „Also gut: Mirjam meinte jedenfalls, sie hatte den Eindruck, dass dieser echtes auf aufrichtiges Interesse an dir gezeigt hat und das für ihn kein Spiel war. Was war es eigentlich für dich? Oder hast du dir noch nicht die Mühe gemacht, das überhaupt zu reflektieren?" Autsch, das schmerzte. Doch Silke fand plötzlich die Kraft, sich ihrer Tochter ganz zu öffnen. Ihre Stimme wurde weich, und Tränen standen wieder in ihren Augen. „Nein, Kind, ich habe es noch nicht reflektiert, oder vielmehr, ich bin noch zu keinem Ergebnis gekommen. Aber gespürt habe ich das natürlich schon, und ich habe vor, ihn wiederzusehen." Silke fiel es schwer, über das Thema weiterzusprechen, also versuchte sie abzulenken. „Aber was ist eigentlich mit dir? Habt ihr auch schon Pläne?"

„Ja", sagte Kerstin leichthin. „Wir beide gehen im Herbst von hier weg. Es hat endlich geklappt mit Studienplätzen, wenn auch nicht in Deutschland. Wir gehen nach Wien." Silke schaffte es nicht ganz, nicht nach Luft zu schnappen. „Nett, dass ich auch mal davon erfahre", sagte sie schließlich. Herbst, das war wohl schon in ein paar Wochen. „Ja, das fanden wir auch, die Zusagen kamen erst am Freitag, seitdem warst du – ähm – unabkömmlich. Du weißt, ich verschweige dir nichts, Silke." Silke, aha, die Mutter-Kind-Phase des Gesprächs war wohl soeben zu Ende gegangen. „Und was werdet ihr machen? Wovon werdet ihr leben? Du weißt ..." „... dass du nichts für mich zahlen kannst. Silke, das verlangt auch niemand von dir. Mir ist lieber, ich stehe auf eigenen Beinen und du hast die Freiheit, diese Schmeißfliegen alle von deinem Hof zu jagen. Aber das ist deine Sache." Sie holte ein wenig Luft. „Antje erfüllt sich ihren Traum und wird Tiermedizin machen. Sie kann leicht ihre Waisenrente wieder aktivieren, die ist also versorgt. Und was mich betrifft: Ich habe ja deine Weichheit meinem Vater gegenüber nie verstanden. Ich habe ihm jedenfalls klargemacht, dass er jetzt wenigstens für mein Studium aufzukommen hat, und er konnte meiner Argumentation mühelos folgen. Es wird übrigens internationale Betriebswirtschaft." Uff, das war jetzt ein bisschen viel auf einmal für Silke, sie würde das erst verdauen müssen. „Und wie hast du das deinem Vater klargemacht? Wie hast du den überhaupt gefunden?" „Das mit dem Finden erzähl ich dir ein andermal. Aber der Rest war ganz einfach: Ich habe ihn vor die Wahl gestellt, sich mit mir zu einigen oder eine Klage bis zurück ins Säuglingsalter am Hals zu haben. Rate mal, wie er sich entschieden hat." „Na dann bleibt mir ja nur, euch beiden eine gute Zeit in Wien zu wünschen. Und dir zu versichern, dass dir und deinem Schatz dein Zuhause immer offen steht. Für die Kinderreitschule werde ich schon jemanden finden, aber das eilt ja nicht, jetzt geht die Saison ohnehin zu Ende."

Kerstin antwortete nicht, ihr Blick war unfokussiert in die Ferne gerichtet. Silke spürte, dass das Gespräch zu Ende war. Eine Weile blickten die beiden noch stumm über die Ostsee, Silke machte sich bewusst, dass ihr Kind jetzt wohl endgültig flügge war und ihre Aufgabe als behütende und beschützende Mutter zu Ende ging. Sie würde sich also bemühen, der eigensinnigen jungen Frau, die gerade den Aufbruch in ihre selbstbestimmte Zukunft plante, eine gute Freundin zu sein. Nahezu gleichzeitig standen Mutter und Tochter auf, die beiden umarmten einander und verharrten lange Minuten. „Du bist schon richtig, Kerstin. Ich bin stolz auf dich", sagte Silke schließlich. „Und ich bin dankbar für den Anteil daran, den du mir mitgegeben hast", antwortete Kerstin. „Aber jetzt knurrt mir der Magen. Jetzt reiten wir zu Jan und lassen uns seine köstliche Fischsuppe servieren. Und vorher gibt's einen steifen Grog zum Aufwärmen. Was meinst du?" Silke schmunzelte, ein paar Minuten später saßen die beiden wieder auf ihren Pferden und machten sich auf den Weg zu dem kleinen feinen Strandrestaurant, das Mirjams Ehemann Jan betrieb.

## Sue und Hendrik

„Alles bestens Hendrik, es entwickelt sich prächtig." Hendrik schreckte auf, er musste wohl ein wenig eingenickt sein, nachdem er eine halbe Stunde zu früh vor dem Gebäude in der Hamburger Innenstadt eingeparkt hatte, in dem Sues Frauenärztin ihre Praxis hatte. „Fein", sagte er nur und erwiderte den

Kuss eher flüchtig, den sie ihm gewohnheitsmäßig anbot, nachdem sie eingestiegen war. „Noch etwas zu besorgen, oder können wir?" - „Nein, alles bestens, wir können." Hendrik startete den Wagen, reihte sich in das nachmittägliche Verkehrsgewühl ein und folgte den Anweisungen des Navigationssystems, das noch altmodisch mit einem Saugnapf an der Windschutzscheibe des in die Jahre gekommenen Wagens geklebt war. Sue wusste, bis zur Autobahnauffahrt war es sinnlos zu versuchen, ihn in ein Gespräch zu verwickeln. Der Stadtverkehr machte Hendrik nervös und erforderte seine volle Aufmerksamkeit, doch ihre Angebote, das Fahren zu übernehmen, lehnte er ab, seit sie schwanger war. Nun gut, das Reden konnte warten, sie lehnte sich auf dem Beifahrersitz zurück und schloss ein wenig die Augen, ihr Chef hielt deutlich weniger davon, sie zu schonen, als ihr Ehemann.

Sie erwachte offenbar davon, dass das wohlige Brummen des Dieselmotors im Wagen plötzlich aufhörte. Sie blickte sich um und ribbelte sich die Augen: Hatte sie wirklich den ganzen Weg nach Hause verschlafen? Ein Schwall kalter Luft drang in den Wagen, als Hendrik ihr die Türe zum Aussteigen öffnete. Noch ein wenig benommen stieg sie aus und holte ein paarmal tief Luft. Ja, besser. Sinnlos zu versuchen, Hendrik beim Ausladen der Einkäufe zu helfen, er würde das ohnehin nicht zulassen. Also kramte sie in ihrer Handtasche nach dem Hausschlüssel, ging vor, legte Mantel und Stiefel ab und setzte derweil in der Küche den Wasserkessel auf, um Tee zu kochen. Sie wählte eine Kräutermischung für sich selbst und einen Earl Grey für Hendrik, goss den Tee in zwei großen Tassen auf und stellte sie auf den Tisch. Dann setzte sie sich erschöpft auf die Küchenbank und legte die Beine auf den gegenüber stehenden Sessel, wie ihr die Ärztin geraten hatte. Wenig später kam Hendrik nach.

Sie beobachtete, wie er seinen Tee inspizierte, den Teebeutel aus der Tasse nahm, mit akribischer Hingabe um den Löffel wickelte, um ihn auszudrücken und ihn dann auf den Rand der Untertasse legte. Er blies ein wenig in die Tasse, bevor er vorsichtig einen Schluck nahm, Sue wartete zu: Es wirkte auf sie so, als würde er ihr etwas sagen wollen, aber nicht recht wissen, wie beginnen. Doch auf Nachfragen reagierte er in solchen Fällen äußerst unwirsch, also ließ sie ihm die Zeit, die er brauchte. Schließlich begann er, in einem Ordner herumzublättern, den er mitgebracht hatte, räusperte ich ein paar Mal und begann dann zu sprechen:

„Also einer kommt als Vater des Kindes schon mal nicht in Betracht", sagte er schließlich bedächtig. „Hier, der Befund eines zweiten unabhängigen Spermiogramms, den ich gestern bekommen habe. Von mir kann es nicht sein." Er schwieg, Sue wurde blass. Seit Hendrik wusste, dass sie schwanger war, hatte er um dieses Thema einen ebenso großen Bogen gemacht wie sie. Doch jetzt, wo er alle Fakten beisammen hatte, wo er alles in seinem Ordner nachblättern konnte, schien für ihn der Zeitpunkt gekommen zu sein, darüber zu sprechen. „Aber das ist okay für mich", sagte er schließlich. „Wir wollten früher oder später ein Kind, du hast dich entschieden, es zu bekommen, für alle sozialen und familienrechtlichen Aspekte wird es unseres sein, und …" – er grinste ein wenig schelmisch – „du hattest wohl mehr Spaß, es zu empfangen, als du mit einer Retorte gehabt hättest."

Sue fiel ein Stein vom Herzen. Auch wenn sie es nicht für sehr wahrscheinlich gehalten hatte, von seiner Zeugungsunfähigkeit hatte sie schließlich nichts gewusst: Sie hatte sich schon einige Gedanken für den Fall gemacht, dass sie das Kind allein würde aufziehen müssen, dass er die Vaterschaft bestreiten würde, und dann wäre es wohl finanziell eng und ungemütlich geworden. Sie stand auf und fiel im spontan um den Hals: „Ich bin froh und stolz, einen Mann wie dich zu haben, Hendrik", sagte sie und gab ihm einen langen Kuss auf den Mund. Und es stimmte ja auch, sie musste sich selbst nur öfter daran erinnern, es ihm auch zu zeigen, damit seine ständig präsenten Selbstzweifel in ihm nicht übermächtig wurden. Schließlich wehrte er sie ab und nahm seinen Ordner wieder zur Hand.

„Und noch eine Neuigkeit habe ich für dich, ich habe das erst heute erfahren. Mein Versetzungsgesuch ist durch, das weite Pendeln wird für mich bald ein Ende haben. Und für dich ja sowieso." „Dein – was?", fragte sie nach, Hendrik schaffte es immer wieder, sie in Erstaunen zu versetzen. „Mein Versetzungsgesuch. Ich wollte dich erst damit überraschen, wenn es durch ist. Ich werde ab Jahreswechsel die Niederlassung in Kiel leiten, es ist auch gleichzeitig ein großer Sprung auf der Karriereleiter." Stolz zeigte er ihr das säuberlich ausgedruckte E-Mail, das er ganz oben in dem Ordner abgeheftet hatte. „Na ich wusste es doch immer, dass du noch einiges an Karriere vor dir hast. Und dass dir diese Kombination aus besserem Job und besserem Dienstort gelungen ist, finde ich einfach großartig." Sie sah ihn an, ein wenig Stolz konnte sie schon in seinen Augen erkennen. Konnte sie es jetzt wagen? Sie riskierte es einfach. „Ich bin nicht so organisiert wie du, ich habe keinen ganzen Ordner voll Unterlagen, ich habe nur zwei Ultraschallbilder. Magst du sie gern sehen? Es wird übrigens ein Mädchen." Sie sah ihn an, doch sein Blick blieb ruhig, seine Züge wurden weich, er schien sich die Sache gut überlegt zu haben und mit sich selbst vollkommen im Reinen zu sein. „Aber natürlich", sagte er dann und widmete seine ganze Aufmerksamkeit den beiden Bildern. Er betrachtete sie liebevoll und ließ seine Hand dabei zärtlich über Sues Bauch gleiten, die schließlich ihr Top ein wenig aus der Hose zog und seine Hand sanft direkt auf ihre schon ein wenig straffere Haut legte. „Was meinst du, darf sie jetzt, wo es offiziell ist, auch ihren Papa spüren?", fragte sie schließlich, nahm ihm die beiden Ultraschallbilder aus der Hand und zog ihn zärtlich ins gemeinsame Schlafzimmer. Der Abend würde ihnen beiden gehören.

# Silke und Donna

Als Silke das kleine rote Cabrio an diesem Mittwochmorgen immer noch einsam vor dem Verwalterhaus stehen sah, begann sie sich Gedanken zu machen. Seit Tagen stand der Wagen nun da, ohne dass sie irgendwelche anderen Besucher bemerkt hatte. Es musste ja nichts bedeuten, aber es passte so gar nicht zu dem Bild, das sie von Donna hatte: Immer in Bewegung, immer unter Strom, von einem Termin zum anderen hastend. Sie sah also noch schnell im Reitstall nach dem Rechten, aber an diesem trüben Vormittag war nichts los, die Saison ging dem Ende zu. Sie bat also Antje, ein Auge auf das Büro zu haben, machte sich noch ein wenig zurecht und ging dann den kurzen Weg zum Verwalterhaus. Sie klopfte erst zaghaft, dann etwas beherzter an die Türe. Keine Antwort. Also drückte sie vorsichtig die Türklinke. Es war nicht abgeschlossen. „Donna?", rief sie. Immer noch keine Antwort, also trat sie zögernd ins Haus.

Ein Mief aus abgestandenem Zigarettenrauch und Kaffee, der zu lange auf der Wärmeplatte gestanden war, schlug Silke entgegen. „Donna?", reif sie noch einmal,  als sie ein wenig entschlossener weiter ins Innere ging. Die Flut an Licht, die die großen Fensterscheiben in der Vormittagssonne ins Haus ließen, stand in einem seltsamen Gegensatz zu der kalten, gedrückten Atmosphäre, die Silke umfing. Sie fand Donna auf einem der Sofas liegend, in grauen Jogginghosen und einem übergroßen dunkelblauen Sweatshirt. Ihr Kopf lag auf einer der Armstützen, ihr langes dunkles Haar hing in wirren Strähnen herunter, sie schien fest zu schlafen. Ein übervoller Aschenbecher und eine halb ausgetrunkene Tasse Kaffee standen auf dem niedrigen Couchtisch.

Eine Weile blieb Silke einfach stehen und betrachtete die Frau nachdenklich. Die Geschichte, die ihr Georg an ihrem ersten Abend über Donna erzählt hatte , kam ihr wieder in den Sinn.

War es möglich? Silke blickte sich ein wenig im Raum um. Nichts deutete darauf hin, dass hier eine Schriftstellerin am Werk war: Der große Schreibtisch, den Lars in einer Ecke des Raumes aufstellen hatte lassen, war unberührt, eine dünne Schicht Staub bedeckte die Tischplatte absolut gleichmäßig. Es gab kein Papier, das herumlag, keine Bücher, mit denen gearbeitet wurde, keine Schreibmaschine, kein Notebook, keine Zeitungen. Nur ein Tablet Computer lag neben der Kaffeetasse auf dem Couchtisch. Und es war kalt, unangenehm kalt.

Silke wollte sich schon wieder zum Gehen wenden, all dies ging sie schließlich nichts an. Doch plötzlich regte sich die Frau auf dem Sofa. „Wer sind Sie. Was tun Sie in meinem Haus?", hörte sie eine schwache Stimme hinter sich. Sie drehte sich um, Donna griff gerade nach einer dicken Hornbrille und setzte sie sich umständlich auf die Nase. Sie starrte Silke eine Weile an. „Ach, du bist es", sagte sie schließlich mit hörbarer Erleichterung in der Stimme. „Was tust du denn hier?" „Entschuldige mein Eindringen, aber ich habe mir Sorgen gemacht. Alles gut bei dir? Dann bin ich auch gleich wieder weg." Die Antwort Donnas ging in einem Hustenanfall unter, als diese sich schwer auf dem Sofa aufsetzte, gierig nach den Zigaretten griff und sich eine anzündete. „Bleib bitte. Setz dich. Möchtest du auch eine?" Ihre Hände zitterten, als sie Silke die Packung und das Feuerzeug einfach hinschob.

Silke zog sich einen der bequemen Sessel näher und setzte sich. Sie griff nach der Packung und nahm sich eine Zigarette heraus. Sie rauchte zwar wenig, aber jetzt schien es ihr wichtig, die Geste von Donna anzunehmen. Sie nahm also einen tiefen Zug, ließ den Rauch langsam aus Mund und Nase entweichen und wartete geduldig. Donna schien noch nicht richtig aufgewacht zu sein, sie starrte durch Silke hindurch in die Ferne, während sie von Zeit zu Zeit mit zittriger Hand einen Zug von ihrer Zigarette nahm. Doch plötzlich schien ein Ruck durch die Frau zu gehen, ihr Ausdruck wurde wach, ihr Rücken straffte sich, sie drückte die halb gerauchte Zigarette im Aschenbecher aus.

„Du hast mich wohl im falschen Augenblick erwischt. Dir etwas vorzumachen wird wohl nicht mehr funktionieren, was?" Silke schwieg, es schien ihr sinnlos, darauf zu antworten. Sie dämpfte stattdessen auch ihre eigene Zigarette aus und wartete einfach ab. „Arschkalt hier, und ich hab noch nicht herausgefunden, wie ich das ändern kann. Hast du ne Idee, Silke?" „Ne", sagte diese schlicht, „Uwe soll sich das mal ansehen. Aber wenn du möchtest, können wir zu mir gehen, da ist es warm, und du siehst aus, als könntest du ein Frühstück gebrauchen." Silke nutzte die Gesprächspause, um Uwe anzurufen. „Jeht klar, Scheffin, mach ich fix", kam zurück. Sie legte auf. „Na, was ist jetzt, Spiegelei und Speck wären dir recht?" In Donnas Gesicht zeigte sich plötzlich eine Veränderung, ihre Züge wurden weich. „Du würdest das echt für mich tun, obwohl ich ...?" „Na klar, und duschen kannst du auch bei mir, ich nehme an, das Warmwasser geht hier auch nicht. Und über das ‚obwohl' redet es sich im Warmen auch leichter."

Uwe kam ihnen bereits mit einem Werkzeugkasten in der Hand entgegen, als die beiden gemeinsam zu Silkes Wohnhaus gingen. „So jetzt mal husch in die Dusche, ich mach einstweilen Frühstück, dann können wir reden. Du findest alles, was du brauchst, im Bad." Als Donna zwanzig Minuten später im Bademantel wieder in die Wohnküche zurückkam, stand schon eine duftende Pfanne auf dem Tisch, dazu ein Korb mit frischem Landbrot, und eine Kanne dampfender Kaffee. „Shht, erst essen, dann reden", kicherte Silke und richtete ihr einen großen Teller an. Donna nickte nur dankbar und langte zu, man konnte förmlich sehen, wie die warme Mahlzeit ihre Lebensgeister wieder weckte. Silkes Telefon klingelte: „Heizung jeht wieder, Scheffin, da war nur die Sicherung jefallen. Wird allerdings n paar Stunden dauern, bis die Hütte wieder warm ist, bei der Raumhöhe." „Danke, Uwe", sagte Silke und legte auf. „Heute Nachmittag hast du es wieder warm."

„Ich weiß gar nicht, wie ich dir danken soll. Und wo beginnen, ich denke, ich bin dir mehr als nur eine Erklärung schuldig." Silke lächelte. „Du bist mir gar nichts schuldig, aber ich hör dir gern zu." „Also, wo beginne ich. Erst mal. Mein richtiger Name ist Doris. Donna ist genauso eine Erfindung wie das meiste andere, was du bist jetzt von mir gesehen hast." Silke kam die nächste halbe Stunde kaum zu Wort, es sprudelte regelrecht aus Doris heraus, in den wesentlichen Punkten bestätigte sie die Geschichte, die schon Georg ihr erzählt hatte. „Und nach den letzten drei Wochen Marathon anlässlich der aktuellen Neuerscheinung von Donnas 25. Buch hatte ich so heftige Migräneattacken, dass ich den Verlag um ein paar Wochen Auszeit bitten musste. Ich hoffte, hier heraußen allein ein wenig Ruhe zu finden, aber ich schaffte es nicht mal mehr, mir einzukaufen und das Problem mit der Heizung zu lösen. Und jetzt sitze ich da bei dir in der Küche und lass mir ausgerechnet von der Frau helfen, die den selben Mann liebt wie ich." Es war, als hätte der letzte Satz endgültig alle Dämme gebrochen, Doris brach in Tränen aus und schluchzte eine Weile hemmungslos.

Silke wartete geduldig. Als sich Doris wieder ein wenig beruhigt hatte, reichte sie ihr eine Serviette. „Noch Kaffee?", fragte sie seelenruhig und schenkte erst Doris, dann sich selbst nach. „Und jetzt fragst du dich, warum ich dir nicht erst die Augen auskratze und dich dann rauswerfe?" Silke schaute offenbar derart belustigt, dass sich Doris davon ein wenig anstecken ließ und schließlich mit ihr mitlachte. „Ich denke, jetzt bin ich dran mit erklären. Also hör zu." Silke begann in der Zeit, wo sie den Hof von ihren Eltern übernommen hatte; ihrer ersten Liebe, von der sie sehr bald ungeplant schwanger geworden war und Kerstin bekommen hatte; von der Überforderung des jungen Paars mit der Familiensituation und ihrem Entschluss, das Kind alleine aufzuziehen; von der kargen Zeit, in der sie begonnen hatte, den Hof auf Pferdewirtschaft umzustellen und den Reitstall aufzubauen; ihrem losen Verhältnis mit Uwe und schließlich von ihrer Begegnung mit Lars, der Entwicklung der polyamoren Viererbeziehung mit Sue und Hendrik und ihrer Begegnung mit Georg. „Und was deine Geschichte betrifft: Ich will jetzt keine Überraschung heucheln, ich kannte sie schon, ich war nur nicht sicher, ob das alles so stimmt." „Ah, von Georg vermutlich", antwortete Doris. „Aber jetzt wird auch mir einiges hier klar, was ich mir bis jetzt nicht erklären konnte. Aber heißt das jetzt, dass wir einander bezüglich Lars nicht ernsthaft ins Gehege kommen?"

Silke sah Doris lange und nachdenklich an. „Das kommt darauf an, was du von Lars erwartest. Mir war nach wenigen Wochen klar, dass ich ihn nie besitzen würde, aber daran habe ich auch kein Interesse. Ich habe nur eine einzige ernsthafte Bindung in meinem Leben, und die ist zu meiner Tochter. Ich habe in den fast zwanzig Jahren gelernt, gut mit mir allein zurechtzukommen, Männer sind nur mehr Gäste in meinem Leben, auch wenn ich sie in diesen Augenblicken sehr schätze. Wenn er sich entscheidet, nicht mehr mit mir zu schlafen, wird er hoffentlich Manns genug sein, mir das mitzuteilen. Aber wie ihr beide zueinander steht, da mische ich mich nicht ein. Ich hoffe, du kannst das verstehen." Doris schwieg eine Weile.

„Du ahnst gar nicht, wie erleichtert ich bin", begann Doris schließlich zu sprechen. „Ich sehe das im Grunde ähnlich wie du. Ich bin, wie du ja weißt, bereits mit sechzehn nach der mittleren Reife von daheim ausgezogen und habe mich seitdem immer allein und unabhängig über Wasser gehalten. Mein Vater war ein Trinker und Spieler, es war mir immer unverständlich, wie es meine Mutter bei ihm ausgehalten hat und noch aushält. Was ich betrifft: Ich habe ihm ein einziges Mal, als er sich mir zu nähern versuchte, eine geknallt und ihm mit einer Strafanzeige gedroht, wenn er mich das nächste Mal nur schief anschaut. Aber das war natürlich ein unhaltbarer Zustand, ich musste da raus." Doris nahm einen großen Schluck von ihrem Kaffee. „Es war in dieser Zeit, in der ich mir schwor, mich niemals von einem Mann abhängig zu machen. Die erste Zeit war hart, eine Einzelhandelslehre bei einem Diskonter ist kein Honigschlecken, finanziell war die eigene Wohnung bis zum Lehrabschluss ein Drahtseilakt. Dann die drei Jahre, bis ich es zur Filialleiterin geschafft hatte. Spare mir die Details, aber ein paar Affären mit den ‚richtigen' Männern haben die Sache zumindest erleichtert. Und wenig später begann ich dann mit den Abendkursen."

Doris schwieg wieder eine Weile, sie hätte sich gern eine angeraucht, aber es stand kein Aschenbecher auf dem Küchentisch, so ließ sie es bleiben. „Na und dann kam dieses kuriose Angebot vom Verlag. Als ich das erste Mal davon hörte, fand ich das alles reichlich lächerlich, aber es ging mir dann nicht mehr aus dem Kopf. Dafür sorgten schon die schwindelerregenden Summen, von denen da gesprochen wurde, der Lebensstil, der dadurch möglich werden würde, der Zugang zu anderen Menschen als Lieferfahrern, ungelernten Hausfrauen und ein paar geilen Böcken, die uns Frauen zu ihrem Vorteil gegeneinander ausspielten. Als ich dann nach einem halben Jahr dahinter kam, was der Preis dafür ist, war es schon längst zu spät. Der Verlagsleiter setzte mir in einem vertraulichen Gespräch, das er mit mir nur einmal führen wollte, beinhart auseinander, was die Konsequenzen wären, wenn ich nicht mehr mitmachen wollte. Also spiele ich brav weiter Donna und hure mich halt durch die Betten der Hamburger Journaille statt durch die der Regionalkaiser beim Diskonter. Immerhin, ich muss zwischendurch keine Kisten mehr schleppen und keinen Streit um die Samstagsdienste mehr schlichten, wo ich immer einer von zwei Müttern weh tun musste, die lieber ihre Kinder versorgt hätte."

Silke streckte vorsichtig ihre Hand aus und legte sie sachte auf die von Doris, die immer noch leicht zitterte. Eine Weile sahen die beiden Frauen einander nur in die Augen, es war in diesem Augenblick, als wären alle Masken gefallen, als können sie einander bis in die Seelen blicken. „Und Lars?", fragte Silke schließlich. Donnas Augen wurden wieder feucht. „Lars habe ich vor etwa zwei Jahren in diesem Umfeld zufällig kennengelernt, er hat ja mit der Literaturszene nichts zu tun. Er war im Schlepptau einer Journalistin auf einer meiner Buchpräsentationen geladen. Ich unterhielt mich eine Weile recht gut mit ihm, und das Mädel nahm mich dann beiseite und gab mir zu verstehen, dass ich auf sie keine Rücksicht zu nehmen brauche, sie wäre grad ganz froh, ihn loszuwerden. Also legte ich es darauf an, dass wir in einem Hotel landeten. Doch, was soll ich dir sagen? Ich habe mich wohl zum ersten Mal in meinem Leben in jemanden ernsthaft verliebt. Und dann war es ausgerechnet ein Narzisst wie Lars."

Silke sagte nichts, verstärkte nur ein wenig den Druck auf Doris Hand. „Du liebst ihn immer noch, was?", frage sie dann mit leiser Stimme nach. Doris nickte. „Mir war schon nach zwei Monaten klar, dass ich ihn nie besitzen würde. Er machte auch keinerlei Geheimnis daraus, dass er andere Beziehungen hatte, und stellte mich einfach vor die Wahl, das akzeptieren oder es zu lassen. Eine Weile machte ich Höllenqualen durch. Doch wie das so ist, die menschliche Psyche beginnt sich zu schützen, ich war durch meinen aufreibenden Job ohnehin abgelenkt, nach einem halben Jahr hatte ich mich wieder so weit eingerenkt. ‚The show must go on', und so ein Leben, wie ich es führe, ist ja auch nicht gerade gratis. Ich stürzte mich also mit doppelter Anstrengung wieder in die Kunstfigur Donna, den Rest der Geschichte kennst du ja. Das Haus, die Parties, die plötzliche Nähe zu dir, der fehlende Mut, das ehrliche Gespräch zu suchen. Und irgendwann wurde es dann zu viel. Ich habe mir jetzt mal bis Ende November Auszeit genommen, der Verlag arbeitet gerade an einer Story rundherum. Aber in der Adventzeit muss ich wieder voll da sein, da geht es wohl um 25% des Jahresumsatzes. Und jetzt sitze ich hier in deiner Küche, weil ich es nicht mal schaffe, allein in diesem Haus zu wohnen. Was für ein Leben."

Silke verspürte in diesem Augenblick kein bisschen Neid mehr, eher eine große Portion Mitleid. Sicher, sie lebte auch hier nicht im luftleeren Raum, der Hof erforderte speziell im Sommer viel Einsatz von ihr, doch sie war immerhin ihre eigene Herrin und niemandem Rechenschaft schuldig. Sie überlegte, wie sie Doris zumindest einen Teil des Druckes wegnehmen konnte, der auf ihr offenbar gerade schwer lastete. Schließlich fasste sie einen spontanen Entschluss.

„Und was wäre, wenn ich dich einfach einladen würde, Teil unseres polyamoren Kreises zu werden?", fragte sie schließlich und fragte sich gleichzeitig, was sie da tat. Sie kannte diese Frau doch kaum, ihr einziger Berührpunkt war, dass sie beide zufällig den selben Mann vögelten. Und doch: in diesem Augenblick fühlte es sich einfach gut und richtig an. Doris starrte sie eine Weile ungläubig an, doch dann sagte sie: „Du meinst das ernst, nicht wahr, du verarscht mich nicht gerade?" Silke hielt ihrem fragenden Blick ruhig stand, antwortete nicht. „Aber da müsste ich dann auch mit diesem – wie heißt er, Hendrik – ins Bett?" Jetzt konnte Silke nicht mehr umhin, laut loszuprusten. „Du müsstest überhaupt nichts, es gibt bei uns keinen Zwang zu irgendetwas. Aber um darauf konkret zu antworten: Es kommt nicht immer nur auf die äußere Hülle an. Er mag ein paar Kilo zu viel haben, er mag bisweilen verschlossen wirken: Aber er hat sein Herz am rechten Fleck, und wenn er sich sicher fühlt, ist er ein amüsanter Kerl und auch ein sehr einfühlsamer Liebhaber, der sich nicht ständig in den Vordergrund spielen muss, wenn du verstehst, was ich meine." Ein verklärtes Lächeln huschte über Silkes Gesicht, bevor sie weiter sprach. „Und wie er jetzt zu Sue und dem Kind steht, das sicher nicht seines ist, das finde ich einfach großartig." Sie schwieg wieder eine Weile. „Aber er ist nicht der Punkt. Doch um unser beider Verhältnis zu Lars zu klären und zwischen uns beiden aus dem Weg zu räumen, wäre das doch ideal, nicht wahr?"

Doris dachte wieder eine Weile nach. „Das hört sich ja alles recht verlockend an, auch wenn es für mich ein wenig plötzlich kommt. Aber sag mir noch eins: Was ist eigentlich der Unterschied zwischen Polyamorie und einfach offenen Beziehungen?" Silke lächelte: „Das war genau die Frage, die mich auch beschäftigt hat, als ich begann, mich mit der Idee zu befassen. Doch die Antwort ist ganz einfach: Eine offene Paarbeziehung erlaubt den beiden Partnern, auch mit anderen Personen Sex zu haben. Diese Personen haben aber nichts miteinander zu tun. Bei einer polyamoren Gruppe ist das anders, da haben alle Beteiligten eine Beziehung zueinander. Ob sie jetzt unmittelbar sexuell ist oder darin besteht, ganz bewusst die Partner zu tauschen." „Und die Beziehungen nach außerhalb?" Silke überlegte eine Weile. „Nun, jede polyamore Gruppe muss sich überlegen, ob sie das überhaupt zulässt. Doch in unserer Konstellation schien uns eine sexuell geschlossene Gruppe nicht passend, weil sie aus unserer Sicht das Thema Sex zu sehr in den Vordergrund stellen würde. Wir entschuldigen uns ja auch nicht dafür, dass wir mit anderen essen, ins Theater oder gemeinsam reiten gehen. Man schläft mit jemandem, vielleicht aus einem augenblicklichen Verlangen heraus, so what. Dort, wo sich daraus neue Beziehungen ergeben, muss man sowieso darüber reden, so wie bei mir und Georg. Doch es hilft, wenn man diese Veränderungen einfach als Teil des Lebens betrachtet und nicht als schuldhafte Verfehlung. Aber es erfordert natürlich auch Menschen, die das aushalten können. Klar, das ist nicht jeden Tag gleich leicht. Aber alles in allem finde ich, es lohnt sich."

„Klingt vernünftig. Vielleicht zu vernünftig für so etwas Emotionales wie die Liebe?", sagte Doris schließlich nachdenklich. „Aber es liegt schon viel Wahrheit drin. Sag, ist es sehr unhöflich, wenn ich dich um ein wenig Bedenkzeit bitte? Ich habe ja jetzt genug Zeit, nachzudenken." „Aber überhaupt nicht", beruhigte sie Silke. „Es hätte mich gewundert, wenn du spontan ja gesagt hättest, es sei denn, du wärst schon einmal in einer solchen Beziehung gewesen. Nimm dir nur die Zeit, die du brauchst, bis dahin bleibt das, was wir jetzt besprochen haben, zwischen uns. Wenn ich nicht mehr von dir höre, werde ich das Thema von mir aus nicht mehr ansprechen. Einverstanden?"

„Einverstanden", lächelte Doris. „Aber jetzt hab ich eine ganz andere Bitte an dich: Können wir vielleicht gemeinsam ein bisschen die Gegend erkunden, damit ich mich hier auch allein zurechtfinde? Und vielleicht gibt es ja dann später wo eine nette kleine Konditorei, wo ich mich bei dir für das Frühstück revanchieren kann?" „Klar, das mache ich doch gern für dich. Geh dich einfach anziehen und fertig machen und komm wieder, wenn du so weit bist. Alles ganz unkompliziert hier am Hof."

# Wien

Silke wurde sich schmerzlich bewusst, wie lange sie schon nicht mehr weiter als ein paar Kilometer von ihrem Hof weggekommen war, als sie ihren uralten Kleinwagen in Richtung des Hamburger Flughafens Fuhlsbüttel steuerte. Doch nach einigen Wirren hatten es Kerstin und Antje schließlich geschafft, in Wien Fuß zu fassen und eine kleine, leistbare Wohnung zu finden, die so verkehrsgünstig lag, dass sie beide ihre Universitätsstandorte bequem erreichen konnten. Silke wurde wieder einmal daran erinnert, was sie für ein Landei war, als Kerstin am Telefon ganz selbstverständlich von U-Bahn, S-Bahn und Straßenbahn plauderte, während sich ihr eigenes Leben die letzten 20 Jahre hauptsächlich um Kerstin, ihre Pferde und die beiden Supermärkte gedreht hatte, die mit dem Auto in längstens 10 Minuten erreichbar waren. Sicher hatte sie Kerstin das ein oder andere Mal in ihrem Hamburger Internat besucht, doch auch das lag außerhalb der Stadt.

Sie parkte den kleinen Wagen im Parkhaus des Flughafens und folgte, wie Kerstin ihr geraten hatte, einfach immer den Schildern, die ein startendes Flugzeug zeigten. Sie habe ein „E-Ticket", was sie nicht ganz verstand, weil sie einen ausgedruckten Zettel in der Hand hielt, sei schon „eingecheckt", müsse zu einem „Baggage Dropoff" und dann zu einem „Gate". Nun gut, sie würde das schon schaffen. Es stellte sich dann als nicht so schwierig heraus, ein netter junger Mann in Uniform der Fluglinie nahm sich ihrer an, schließlich wurde ihr Flug aufgerufen, und bald darauf saß sie brav angeschnallt auf einem Fensterplatz in einer der engen Sitzreihen.

Bei der Ankunft in Wien war sie schon sicherer, schaffte es alleine, das richtige Band der Gepäckausgabe zu finden, war aber dann doch froh, als die beiden Mädchen sie am Ausgang der Transitzone in Empfang nahmen und es den beiden überlassen konnte, sie zum unterirdischen S-Bahnhof des Flughafens zu führen und mit ihr die kurze Fahrt in die Stadt zu unternehmen, wo sie zur Abwechslung in einer oberirdischen Station ankamen. „Ein paar Minuten noch, Mami, von hier können wir zu Fuß gehen", sagte Kerstin, nahm Silkes Koffer und marschierte entschlossen voran. Bald hatten sie das nette kleine Gründerzeithaus in der Nähe des Wiener Hauptbahnhofes erreicht. „Von hier kommen wir beide problemlos zu unseren Unis, wir brauchen nicht einmal eine halbe Stunde."

Silke staunte, als sie die gut angelegte Zweizimmerwohnung betrat, die die beiden für sich ergattert hatten. In einer geräumigen Wohnküche stand ein Esstisch, groß genug für sechs Personen. Das Wohnzimmer hatten die beiden in zwei Bereiche geteilt, die durch eine Kastenwand voneinander getrennt waren, sodass sie unabhängig voneinander konzentriert studieren konnten. Die beiden Fenster des Wohnzimmers blickten immerhin auf einen begrünten Innenhof. Besser als nichts, dachte Silke, die sich für sich dennoch nicht vorstellen konnte, auf Dauer in einer Wohnung zu leben. Das gemeinsame Schlafzimmer bot Platz genug, dass sie sich auch eine kleine Sitzecke für gemütliche Abende vor dem Fernseher einrichten hatten können, der Bereich mit dem Doppelbett und den Kleiderkästen war tagsüber durch einen Vorhang abgeteilt.

„Wunderschön habt ihr beiden euch das hier eingerichtet", sagte Silke. „Dank deiner Hilfe, Mami", antwortete Kerstin. Silke fand es rührend, dass ihre Tochter es in diesem Augenblick nicht mehr notwendig fand, ihr Erwachsensein durch die Verwendung ihres Vornamens herauszustreichen. Viel Geld war es nicht gewesen, was sie ihrer Tochter mit auf die Reise hatte geben können, aber doch ein vierstelliger Betrag, und die beiden schienen ihn gut investiert zu haben. „Ihr seid klug damit umgegangen. Aber jetzt habe ich noch was für euch." Silke musste innerlich lachen, dass die beiden Mädchen in diesem Augenblick wirkten wie Grundschulkinder, wenn das Christkind kommt. Sie öffnete rasch ihren Koffer und nahm zwei Päckchen heraus: „Das ist für dich, Antje", damit überreichte sie ihr das eine der Päckchen. „Und das für dich, Kind. Vorsicht, zerbrechlich." Silke fragte sich, warum sie die Sachen überhaupt eingepackt hatte, als die beiden augenblicklich begannen, das Geschenkpapier von den Schachteln zu reißen. Antje war als erste fertig, sie hielt einen digitalen Bilderrahmen in der Hand, auf dem sich einige Aufnahmen von ihr während des Aufenthaltes auf Silkes Hof befanden. Mit den Kindern und Ponys, gemeinsam mit Kerstin zu Pferd, auch ein paar von ihr allein. „Danke, Silke", sagte sie, doch da wurden die beiden schon von einem lauten Kreischen der sonst so ruhigen Kerstin unterbrochen. „Ist das ‚das' Schiff? Wie bist du da ran gekommen nach so langer Zeit?" Sie hielt ein wunderschön gearbeitetes Flaschenschiff in den Händen. „Ja, Kind, es ist ‚das' Schiff. Ich hab es damals, als du dir jede Woche die Nase dran plattgedrückt hast, heimlich gekauft, in vielen kleinen Raten. Ich wollte es dir schenken können, wenn du erwachsen bist. Heute denk ich, das bist du ja nun." Die beiden fielen einander tränenreich um den Hals, und es war Antje, die verhinderte, dass das Schiff vor lauter Impulsivität der beiden gleich zu Boden fiel.

„Und heute bist du unser Gast, jetzt entführen wir dich in die Wiener City und gehen dann fein essen. Aber mach dich hübsch, wir haben noch eine Überraschung für dich." Silke nahm sich also noch die Zeit, zu duschen, die Haare frisch zu waschen und ein schlichtes, aber doch schickes Outfit anzuziehen: Schwarzer Rock, cremefarbene Bluse, dazu ein taillierter Blazer, schwarze Stiefel. Auch die beiden Mädchen hatten sich flott zurechtgemacht.

Bald darauf saßen die drei schon wieder in der Linie 1 der Wiener U-Bahn, die sie in ein paar Minuten auf den Stephansplatz brachte, den Mittelpunkt der Wiener Innenstadt. „Fangen wir hier gleich an, der Dom ist wirklich imposant." Damit zogen die beiden Silke durch das Riesentor in das Innere des Jahrhunderte alten Stephansdoms. Silke sah sich eine Weile staunend in dem riesigen Bauwerk mit seinen hoch himmelwärts aufstrebenden Säulen und dem gotischen Gewölbe darüber um. Der Innenraum wirkte erstaunlich schlicht, weit und leer. Sie schlenderten durch den hinteren Mittelgang der Kirche, bis Kerstin sie scheinbar absichtslos auf eines der Wahrzeichen des Domes aufmerksam machte: Der Fenstergucker, das Bildnis eines Mannes, der ein wenig spitzbübisch aus einem halb geöffneten Fenster sah, sein gewelltes Haar von einer Art Kappe oder Barett bedeckt. „Und wer ist jetzt er?", fragte Silke erstaunt.

„Der Legende nach ist das ein Selbstbildnis eines der Dombaumeister von St. Stephan, Meister Pilgram", hörte sie da plötzlich eine fremde und doch nicht unvertraute männliche Stimme von hinten sagen. Sie drehte sich um, nein, sie hatte sich nicht getäuscht, sie blickte in die freundlichen Augen Georgs und konnte einen kleinen Freudenschrei nicht unterdrücken, bevor die beiden einander in die Arme fielen. Kerstin und Antje gingen ein wenig abseits, um den beiden ein paar Minuten Ungestörtheit zu lassen und die Überraschung zu verdauen, die sie ihnen mit minutiöser Planung bereitet hatten. Erst nach zehn Minuten ging Kerstin wieder auf die beiden zu und stupste sie an der Schulter: „Ich störe euch ja ungern, aber wir hätten in einer Viertelstunde einen Tisch in einem Lokal hier in der Nähe reserviert, oder sollen wir alleine hingehen? Wir haben jedenfalls erst mal Hunger." Georg ließ von Silke ab und antwortete gut gelaunt: „Was meinst du Liebling? Essen und Trinken schafft die richtige Grundlage für das, was dann danach noch kommen mag." Silke nickte einfach nur, ihr fehlten im Augenblick die Worte.

Dafür war sie in das kleine Lokal, das in einer ebenso winzigen Gasse in einem uralten Haus versteckt war, sofort verliebt. Die Inhaberin persönlich begrüßte die vier und brachte sie zu einem Tisch, er ein wenig abseits in einer dunkel getäfelten Holznische stand. „Hamburg, nicht wahr?", fragte sie, nachdem sie die vier ein wenig sprechen gehört hatte. „Wir beide sind schon fast richtige Wienerinnen, wir sind schon vier Wochen hier, und das ist meine Mami mit ihrem Freund", kicherte Kerstin. „Das erste Mal in Wien?", fragte die Inhaberin. Silke bejahte. „Na, dann darf ich euch auf einen Willkommenstrunk aufs Haus einladen. Was haltet ihr von einer echt österreichischen Spezialität, einem Uhudlersekt?" Die vier hatten zwar keine Ahnung, was das war, bedankten sich aber artig. Das Getränk stellte sich als blassroter Schaumwein heraus, der eine ungewöhnlich herbe, aber auch an Erdbeeren erinnernde Note hatte. „Eine traditionelle Rebsorte der Steiermark, ein Direktträger", erklärte die Wirtin. „Seid ihr dann fertig für die Speisekarte?"

Eineinhalb Stunden später waren die vier restlos angegessen und hatten dazu zwei Flaschen burgenländischen Rotwein getrunken, den ihnen die Wirtin empfohlen hatte. Kerstin war dann doch dankbar, dass es Georg war, der nach der Mappe mit der Rechnung griff. „Wir freuen uns, dass ihr uns hier in Wien so überraschend zusammengebracht habt, aber ihr beiden könnt

das Geld doch sinnvoller verwenden, als uns beide hier freizu-
halten", meinte er gut gelaunt. Draußen auf der Straße verab-
schiedeten sich die beiden Mädchen dann von ihnen. „Ich denke, ihr beiden kommt jetzt allein zurecht. Viel Spaß noch,
Mami, ich geb dir zur Sicherheit einen Wohnungsschlüssel, wir
beide müssen morgen auf die Uni." Silke konnte nicht verhindern rot zu werden, als sie merkte, dass es jetzt sie war, die vor
ihrer Tochter wie eine frisch verliebte Teenagerin dastand und
nicht umgekehrt. Doch das war offenbar das Leben, zumindest
ihres. „Danke, ihr beiden, die Überraschung ist euch wirklich
gelungen." Doch sie zweifelte, dass Kerstin sie noch gehört
hatte.

Silke hängte sich bei Georg ein, als er ihr, ganz Gentleman, den
Arm bot und beschloss, sich einfach auf die Nacht einzulassen,
die vor ihr lag. Sie hatte zwar keine Ahnung, was er vorhatte,
spürte aber, dass sie ihm vertrauen konnte. So achtete sie kaum
auf die enge Gasse, den kleinen Platz, über den sie gingen, genoss stattdessen die kalte Luft der beginnenden Nacht und
spürte ihren Gefühlen nach. Die etwas befahrenere Straße, auf
der sie jetzt ein Stück entlang gingen, führte sie schließlich zu
einer merkwürdigen Brücke, unter der kein Wasser durchfloss,
sondern einfach eine andere Straße. „Nach dir", sagte Georg,
als er sie in einen engen Stiegenabgang schubste. „Wir steigen
jetzt in den Tiefen Graben hinab." Silke lachte, doch es stellte
sich heraus, dass die untere Straße tatsächlich so hieß. Unten
angekommen, wandte Georg sich zielstrebig nach rechts, bald
standen sie vor einem Baldachin – war das Jugendstil, fragte
sich Silke – auf dem das einzelne Wort „Orient" zu lesen stand.
„Lass dich überraschen", sagte Georg nur, als er die Fragezei-
chen in ihren Augen sah. „Ich gehe davon aus, dass du die
Nacht frei bist?" Er schmunzelte dazu jungenhaft. „Wie damals
am Strand", sagte sie. „Und du erwischst mich wohl immer nur
unvorbereitet."

Silke war einfach überwältigt, als sie in das plüschige Innere des wohl berühmtesten Wiener Stundenhotels eintrat. Sie musste kurz warten, als Georg an der Rezeption den Schlüssel holte. Der Zimmerkellner holte sie schon auf der Treppe in den zweiten Stock ein, wartete geduldig, bis Georg die Tür zu der opulenten Suite aufgeschlossen hatte, die er offenbar für sie beide gemietet hatte, stellte eine Flasche Champagner in einem Kübel mit Eiswürfeln und zwei Sektflöten auf den Tisch und verließ wortlos wieder den Raum. Silke hängte ihre Daunenjacke auf den Kleiderständer, der in einer Ecke stand, und sah sich eine Weile sprachlos um. „Ja, so etwas gibt es nur in Wien", sagte Georg lächelnd. „Aber ..." setzte Silke an, sie wusste nicht recht, wie sie ihre Überwältigung in Worte fassen sollte. „Aber, für so etwas bin ich doch überhaupt nicht angezogen." Georg antwortete nicht gleich, er machte sich gerade an den Armaturen einer riesigen, in einem Podest eingelassenen Badewanne zu schaffen. „Wie gut, dass dich in den nächsten Stunden keiner angezogen braucht", antwortete er schließlich, schloss ihren schlanken fragilen Körper in seine starken Arme und gab ihr einen langen, innigen Kuss auf den Mund.

# Winter

## Hendrik und Karin

Es ging bereits gegen halb elf, der elegante Barraum des Hamburger Viersternhotels leerte sich schon merklich, die alljährliche Vorweihnachtsfeier des Bereichsleiters neigte sich ihrem Ende zu. Hendrik, der ja mit Jahreswechsel nach Kiel wechseln würde, war vom Bereichsleiter persönlich mit allen Ehren verabschiedet worden, doch nach dem Abendbuffet hatte man ihn dann auf allgemeinem Wunsch gebeten, die Gesellschaft noch ein letztes Mal am Klavier mit seiner Barmusik zu unterhalten. Hendrik saß also seit fast zwei Stunden am Flügel, und wie üblich war das Interesse der Gäste nach zwanzig Minuten merklich erlahmt, er spielte mittlerweile mehr für sich selbst und war froh, auf diese Weise dem unvermeidlichen Smalltalk zu entgehen, den er die meiste Zeit als unausweichlich, aber ebenso lästig empfand.

Er hatte es nicht eilig, er hatte sich im Hotel ein Zimmer für die Nacht angemietet und würde an diesem Abend nicht mehr nach Hause fahren. Das Klavierspiel entspannte ihn und gab im Gelegenheit, über die polyamore Situation am Hof und seine Rolle darin nachzusinnen. Und darüber, wie er es wohl anstellen würde, die heutige Nacht nicht allein in seinem Bett verbringen zu müssen. Notfalls … doch das hatte Zeit. Er unterbrach sein Spiel, um sich an der Bar noch ein großes Glas Mineralwasser und ein kleines Glas Wein zu holen. Auf dem Rückweg bemerkte er sie: Karin saß allein an einem der kleinen Tische, ihre Blicke folgten ihm. Ein Lächeln. „Auch noch ein Glas Wein?" - „Ja gern." Er besorgte ein zweites Glas und setzte sich ihr gegenüber. „Cheers, Karin." „Cheers Hendrik, ich werde dich und dein Klavierspiel vermissen. Du spielst wunderschön, so von Herzen kommend." Er lächelte, sie schien das ehrlich zu meinen. „Schön, dass es Menschen wie dich gibt, die das auch fühlen." Er sah sie an, sie hatte sich heute fein zurechtgemacht, trug ihr langes dunkles Haar offen, mit einem Reifen gehalten, eine schicke rote Bluse zu einem kurzen schwarzen Rock. Doch etwas war in ihren Augen, eine Lebhaftigkeit, warmes Interesse ... konnte es wirklich sein, dass das ihm galt? Doch hatte sie nicht erst vor ein paar Monaten geheiratet?

Er beschloss, ihr ein wenig auf den Zahn zu fühlen. „Hast aber auch noch einen ziemlich weiten Weg nach Hause", sagte er leichthin. „Ja, Kirchwerder", antwortete sie. „Aber ich fahre heute nicht mehr heim. Eigentlich wollte ich mir mit Ulrike hier ein Zimmer teilen, aber sie ist krank geworden. Der Manager meinte, es ist ohnehin genug frei, ich habe es mir noch ein wenig – offen gelassen." Sie lächelte scheu und blickte zu Boden. Hendriks Herz begann ein wenig schneller zu schlagen. War das rührende Naivität, oder war das eine offene Einladung? „Selber Gedanke", antwortete er. „Ich fahre heute sicher nicht mehr an die Ostsee, ich bin schon eingecheckt." Er beobachtete ihre Reaktion. Sie griff ein wenig nervös nach ihrem Weinglas, nahm einen Schluck, stellte das Glas wieder hin, fuhr sich mit beiden Händen durchs Haar, schüttelte die langen dunklen Strähnen ein wenig zurecht. Ihre Blicke begegneten einander, schauten einander eine Weile in die Augen, die Spannung war zum Greifen. „Wenn du möchtest ...", brach er schließlich das Schweigen und hoffte inständig, dass seine Stimme nicht so zittrig klang, wie er sie empfand.

Ihr Blick strahlte plötzlich ruhige Entschlossenheit aus. „Wenn ich was genau möchte?", fragte sie. Hendrik kämpfte weiter gegen seine Nervosität, doch die Gelegenheit war zu verlockend. „Die Nacht mit mir verbringen? Wenn du das auch möchtest, bist du herzlich zu mir eingeladen." Sie schmunzelte, sie mochte Hendriks geradlinige, schnörkellose Art, und schließlich hatte sie es ja genau darauf angelegt „Manches würde man hinterher bedauern, würde man es nicht einfach tun, nicht wahr?", antwortete sie. Plötzlich war auch er wieder ganz Gentleman, fand seine Sicherheit wieder. Er griff in seine Jackentasche und reichte ihr eine der beiden Schlüsselkarten. „623, Ich komme in einer halben Stunde nach", sagte er. Sie ließ die Karte rasch in ihrer Handtasche verschwinden. „Ich schick dir eine Nachricht, ich muss mich noch von ein paar Leuten verabschieden", antwortete sie lächelnd. „Bis gleich, mein Lieber." Hendrik blickte ihr noch kurz nach, dann setzte er sich wieder ans Klavier und improvisierte noch eine Weile vor sich hin. Nach einer halben Stunde begann auch er seine Abschiedsrunde, nahm noch den Dank und die Glückwünsche des Bereichsleiters entgegen, mit dem er als Niederlassungsleiter bald im gleichen Rang sein würde, und schlenderte dann in die Lobby hinunter. Keine zwei Minuten später summte sein Mobiltelefon.

Karin war offenbar keine Frau der großen Umstände. Sie erwartete ihn bereits in schwarzen Dessous und den halterlosen Strümpfen, die sie zu ihrem kurzen Rock anscheinend getragen hatte. Es gab kein Reden mehr, keine Erklärungen, es gab nur mehr das Hier und Jetzt zwischen den beiden. Hendriks starke Erregung trug ihn dieses eine Mal mühelos durch die Nacht mit dieser sonst so stillen Frau, die sich als leidenschaftliche und auch erfahrene Liebhaberin herausstellte. Erst im Morgengrauen fielen sie beide erschöpft in einen kurzen, traumlosen Schlaf, bevor sie einander am späten Vormittag noch einmal leidenschaftlich liebten.

Das gemeinsame Frühstück ließen sie sich dann aufs Zimmer bringen, einige andere Kollegen waren wohl ebenfalls auf die Idee gekommen, im Hotel zu übernachten. „Bewahre diese Nacht in deinem Herzen und nur dort, Hendrik", sagte Karin schließlich zum Abschied, schon reisefertig gekleidet, gab ihm noch einen flüchtigen Kuss auf die Wange, einen Augenblick später war sie gegangen. Nun, in zwei Wochen würde ihre enge

Zusammenarbeit ohnehin Geschichte sein, dachte er, als er ihr noch eine halbe Stunde Vorsprung gab, in der er ausgiebig duschte, und sich frisch anzog, bevor er selbst seinen Trolley packte, die Tür des Zimmers ins Schloss fallen ließ und den Lift in die Tiefgarage nahm. Eine seltsame Melancholie befiel ihn, als er an einer roten Ampel durch die Playlisten des Memory Sticks blätterte und schließlich bei Schostakowitsch zweitem Klavierkonzert hängen blieb. Bald fuhr er zu den düsteren, wuchtigen Klängen des ersten Satzes die Autobahn Richtung Norden entlang und sann über die Vergänglichkeit des Lebens nach.

## Antje und Kerstin im Club

„Na wenn du es genauer wissen willst, dann wirst du wohl mitkommen und des dir ansehen müssen." Es war Freitag Abend, Antje war gerade dabei, sich fürs Ausgehen herzurichten. Da die beiden Mädchen übereingekommen waren, keine anderweitigen Liebschaften in die gemeinsame Wohnung zu bringen – also: eigentlich Kerstin Antje gebeten hatte, ihre unvermeidlichen Lover anderswo zu treffen – musste Kerstin wohl damit leben, dass Antje von Zeit zu Zeit allein ausging. Was ja auch kein Problem war, sie war einfach neugierig, als Antje ihr ausführlich von dem Swingerclub erzählt hatte, in dem sie einen jungen Mann heute zum zweiten Mal treffen wollte, und löcherte diese gerade mit gefühlt tausend Fragen.

Kerstin lag noch so im Bett, wie Antje sie eine halbe Stunde vorher verlassen hatten, nachdem die beiden den Nachmittag faul miteinander verbracht hatten. Ein bisschen dösen, ein bisschen plaudern, ein bisschen kuscheln. Eigentlich hatte sie keine Lust, den Abend allein zu verbringen. „Pass bloß auf, dass ich nicht ja sage", gab sie daher angriffslustig zurück und war eigentlich gespannt, wie ihre Freundin den Rückzieher von ihrem Angebot anlegen würde. „Und warum genau sollte mich das stören?", gab die Angesprochene seelenruhig zurück, während sie ihren Kajalstift zur Hand nahm, sich zu dem großen Spiegel an einer der Kastentüren vorbeugte und routiniert begann, einen Lidstrich zu ziehen. „Ich mache dort nichts, was du nicht ohnehin weißt. Und wer weiß, was sich für dich dort ergibt, letztens waren dort zwei sehr attraktive Frauen. Wäre ich nicht schon in Gesellschaft gewesen …" Antje grinste, während Kerstin einen tiefen Seufzer ausstieß. „Warum genau liebe ich dich eigentlich so sehr?", fragte sie, während sie aus dem Bett kletterte. „Ich brauch aber noch eine halbe Stunde, geht sich das noch aus für dich?" „Klar", antwortete Antje, „mein Date läuft mir schon nicht davon, und wenn doch … Hab ich dir eigentlich schon gesagt, dass ich nur dich liebe, Süße?"

Kerstin gab ihr einen Klaps auf den nackten Hintern, als sie mit dem Morgenmantel in der Hand Richtung Badezimmer ging. „Keine Angst, ich beeile mich, das würde ich mir nie verzeihen", gab sie kichernd zurück, während sie im Geiste schon eine Liste durchging, was sie zuvor noch zu erledigen hatte. Sie musste sich sicher nicht verstecken, aber Antje war eine sehr attraktive junge Frau, die sich auch in Szene zu setzen wusste, da musste sie sich schon ein wenig anstrengen. Doch 45 Minuten später war es geschafft, die beiden waren ausgehfertig. Antje tippte auf ihrem Smartphone herum, um ein Taxi zu bestellen. Der Fahrer kannte offenbar die Adresse und grinste die beiden unverschämt an, was ihm aber nur ein „schau gefälligst auf die Straße, oder sollen wir uns ein anderes Taxi suchen?" Antjes einbrachte. „Tschuldigung", sagte der Fahrer kleinlaut.

Am Eingang des Clubs wurden sie von einer sehr netten Mittvierzigerin begrüßt. „Ah, Antje, zieht es dich wieder zu uns, aber wen hast du uns denn da mitgebracht?" „Das ist Kerstin, meine Partnerin, sie war neugierig, wo ich mich herumtreibe, wenn ich mal ohne sie ausgehe." „Na dann, willkommen Kerstin, ich bin Monika. Ich nehme an, du brauchst keine Führung von mir, Antje wird dir alles zeigen." „Ja danke, ich bin bestens betreut, freut mich dich kennenzulernen, Monika", antwortete Kerstin und ergriff die Hand, die sich ihr entgegenstreckte. „Das wichtigste ist, dass du dich wohlfühlst", lächelte Monika. „Ansonsten ist die oberste Regel: ,ein Nein ist ein Nein.' Das gilt sowohl für deine Neins, als auch für die der anderen Gäste. Aber jetzt – viel Spaß, ihr beiden, ich denke, eure Dates warten schon." Damit war Monika wieder verschwunden, und die beiden gingen rasch in die Garderobe, um ihre Überkleidung abzulegen. „Soll ich", kicherte Anjte und zog sich neckisch ihren schwarzen Slip über die Hüften hinunter." „Ginge das da?", fragte Kerstin erstaunt zurück. „Ja sicher", meinte Antje und zog sich den Slip wieder hinauf. „Aber ich will dich ja nicht gleich am Anfang überfordern."

Schließlich kamen die beiden in den großen Barraum, Thomas – so hieß der Freund Antjes – schien sie schon zu erwarten und winkte sie mit ausladender Geste an seine Ecke der Bar. Ganz hübsch, dachte Kerstin, doch ihre Aufmerksamkeit war von einem jungen Mann ein wenig abgelenkt, der neben Thomas auf einem Barhocker saß und die beiden Mädchen spitzbübisch ansah. „Hallo Thomas, das ist meine Freundin Kerstin, ich hab dir schon viel über sie erzählt", eröffnete Antje das Gespräch. „Freut mich, Kerstin." Er streckte ihr die Hand hin. „Und das ist mein Freund Günter. Günter, Antje, Kerstin." Man schüttelte einander artig die Hände. „Sekt aufs Kennenlernen?", frage Thomas und bestellte vier Glas, während sich die Mädchen auf Barhocker setzten. „Auf einen gelungenen Abend", sagte Thomas, als die Gläser perlend vor ihnen standen. „Cheers", kam es zurück.

Damit schien Thomas Bereitschaft, die Gesellschaft zu unterhalten, aber auch schon wieder erschöpft, er wandte sich Antje zu und war bald in einem intensiven Flirt mit ihr zu Gange. Kerstin, die neben Günter zu sitzen gekommen war, hatte plötzlich einen Kloß im Hals: der Blick, den dieser ihr zugeworfen hatte, war ihr durch und durch gegangen, und es hatte sie vollkommen unvorbereitet getroffen. „Ich bin Antjes Partnerin", sagte sie schließlich, „und wie stehen Thomas und du zueinander?" „Ach, wir kennen uns schon ewig", kam es zunächst ausweichend zurück. Doch bald hatte sie herausgefunden, dass die beiden ebenfalls in einer studentischen Wohngemeinschaft wohnten, wenngleich sie sich dafür entschieden hatten, dass jeder der beiden sein eigenes Studier- und Schlafzimmer hatte und sie sich zusätzlich ein gemeinsames Wohnzimmer teilten. Schließlich sah er Kerstin voll in die Augen. „Aber um das zu beantworten, was dich wohl interessiert: Nein, Thomas und ich sind kein Liebespaar. Wir haben zwar untereinander keine Berührungsängste, aber wir stehen beide auf Frauen."

Kerstin sah sich kurz nach Antje um, doch von ihr und Thomas war nichts mehr zu sehen. Günter folgte ihrem Blick. „Die zwei sind wohl schon irgendwo hin abgezogen. Was würdest du davon halten, wenn ich dir einmal die Räume zeige, du bist das erste Mal hier?" „Ja gern", antwortete Kerstin und folgte Thomas durch den relativ leeren Barraum in den hinteren Teil des Clubs, die sogenannte Straße entlang, von der links und rechts mehr oder weniger phantasievoll eingerichtete Zimmer abzweigten. Sie blieben kurz an einem offenen Türrahmen stehen:Eine nackte Frau war mit Seidentüchern an ein Messingbett gefessel und wand sich wehrlos unter den Berührungen ihres Liebhabers mit Händen, Federn und allerhand anderen Spielsachen. Kerstin erschrak kurz, als sich Günters Arm um ihre Hüften legte, doch in diesem Augenblick fühlte es sich gut und stimmig an. Sie lehnte sich ein wenig gegen ihn, als sie die Szene beobachtete und sich an gewisse Abende mit Antje erinnerte.

„Komm weiter", sagte Günter schließlich. Sie wanderten ziellos durch den Wellnessbereich mit finnischer Sauna und einer ganzen Landschaft von Duschen. Schließlich kamen sie an einen engen Stiegenaufgang, Kerstin zögerte ein wenig. „Meinst du, die beiden sind – da oben?", fragte sie. „Sehr vermutlich, wenn sie nicht hier sind. Würde es dich stören, Kerstin?" Sie zögerte eine Weile, doch dann klangen ihr wieder Antjes Worte im Ohr: „Ich tue dort nichts, was du nicht weißt." Und Günters Arm, der jetzt wieder locker um ihre Hüfte lag, fühlte sich gut an, verdammt gut. „Nein, gehen wir", sagte sie schließlich. Die Absätze ihrer halbhohen Pumps klapperten laut auf dem Steinbelag der Treppe, die in einen spärlich beleuchteten Gang führte. Nach links hinein öffnete sich ein blau beleuchteter, ganz mit Matratzen ausgelegter Raum, der durch Spiegeln an Wänden und Decke endlos weit wirkte. Es gab Kerstin schon einen kleinen Stich, als sie Antje in Thomas Armen liegen sah. Die beiden hatten die erste Runde wohl schon hinter sich, Kerstin konnte das an tausend kleinen Details erkennen. Antjes Blick begegnete dem ihren, die Einladung war offensichtlich. Günter hielt schon eines der großen Leintücher in der Hand, die in einem Regal unweit des Eingangs gestapelt lagen. Kerstin konnte nur mehr abwesend nicken, als Günter sie mit einem „aber lass die Schuhe bitte draußen stehen" durch den Eingang auf die Matratze schubste.

Die nächste halbe Stunde durchlebte Kerstin wie in Trance. Günter breitete das Leintuch neben dem aus, das Antje und Thomas benutzten, und lud sie ein, es sich einfach zwischen ihm und ihrer Freundin bequem zu machen. Sie schloss die Augen, als sie Antjes vertraute Berührungen spürte, den Kuss, den ihr ihre Freundin zärtlich auf den Mund gab. Sie bemerkte kaum, dass es Günter war, der ihr schließlich den Slip über die langen Beine zog, sich erst eine lange Weile zwischen ihre Schenkel legte und ihre Spalte mit Lippen und Zunge verwöhnte, während Antje sich hinter ihr hingekniet hatte, Kerstins Kopf in ihrem Schoß ruhend, und ihre mittlerweile frei liegenden Brüste mit jenen wohldosierten Berührungen stimulierte, von denen sie wusste, dass sie ihre Freundin zum Wahnsinn trieben. Schließlich war es Kerstin selbst, die es vor lauter Geilheit nicht mehr aushielt, Günter aufmunternd über den Kopf streichelte und mit dem Worten „jetzt komm schon und

fick mich" zuließ, dass er sich auf sie schob und zärtlich penetrierte. Sie genoss das Gefühl, sich in den Armen ihrer Geliebten einfach treiben lassen zu dürfen, ließ sich auf den erst langsamen, dann immer schneller werdenden Rhythmus ihres Liebhabers ganz ein und schaffte es zum ersten Mal in ihrem Leben, sich unter den Stößen eines Mannes so weit fallen zu lassen, dass sie einen langen und intensiven Orgasmus genoss,
während sie sich gleichzeitig von der ungewohnten Urgewalt
der heftigen Ejakulation überrollen ließ, mit der er sich schließlich tief in sie ergoss.

*

Es war mittlerweile fast Mitternacht. Die vier hatten nach dem
Erlebnis im Spiegelzimmer ausgiebig geduscht, die Sauna be-
nützt und sich dann am Buffet bedient, dazu auch das ein oder
andere Glas getrunken. Kerstin fühlte sich herrlich leicht, es
schien ihr in diesem Augenblick nicht verkehrt, dass sie sich
auf einem Sofa mit Thomas wiederfand, der seine Hand sachte
auf ihrem Schenkel liegen hatte, während sie zusah, wie jetzt
Günter immer näher an ihre Liebste heranrückte. Es hatte sich
mittlerweile unter den wenigen noch anwesenden Gästen her-
umgesprochen, dass die vier unter sich bleiben wollten, so ließ
man sie angenehmer Weise mit Anmachversuchen unbehelligt.
„Und jetzt?, fragte schließlich Thomas und sprach damit endlich aus, was ihnen wohl allen vieren durch den Kopf ging.
„Noch ein Betthupferl für euch Mädchen, bevor sie uns hier
rauswerfen?", setzte Günter nach. Antje und Kerstin tauschten
Blicke aus. Gut, Antje war wohl hier keine Hilfe, der blitzte
schon wieder die Schwanzgeilheit aus den Augen. Doch auch
Kerstins Körper sprach in diesem Augenblick eine eindeutige
Sprache. „Na dann, lasst euch etwas einfallen, Jungs", sagte sie
lächelnd.

Sie standen schließlich vor einem nicht allzu großen Raum, der
unter einem Gewölbe wohl künstlicher grüner Blätter mit tiger-
gestreiften Matratzen ausgelegt war. Kerstin war es letztlich

gleichgültig, sie fand die gesamte Dekoration des Clubs uner-
träglich kitschig, doch die anderen drei schienen daran Gefallen zu finden, also nahmen sie zwei frische Leintücher vom
Stapel vor der Tür und kletterten auf die große weiche Liege-
fläche. „So Jungs"; kommandierte Antje, „jetzt legt ihr zwei
euch mal brav hin und lasst uns Mädchen machen." Sie tausch-
te mit Kerstin kurze Blicke aus, die nickte nur unmerklich. Sie
vertraute ihrer Freundin blind und würde sich einfach ihrer
Führung anvertrauen. Als Antje sich zwischen Thomas Beine
kniete und begann, seinen Schwanz hingebungsvoll zu saugen,
tat sie es ihrer Freundin einfach gleich. Mit Blasen hatte Kerstin noch so gut wie keine Erfahrung, aber aufgrund der Reakti-
onen Günters hatte sie bald heraus, worauf es da offenbar ankam.

Sie folgte Antjes Beispiel, als diese sich rittlings auf die stattli-
che Latte setzte, die Thomas ihr entgegenstreckte. Sie selbst
hatte erst ein wenig Probleme, die richtige Position zu finden,
doch Günter lächelte, nahm sie sachte an den Hüften und diri-
gierte sie ein wenig, bis sie bequem auf ihm saß und ein wenig
mit ihren Bewegungen experimentierte. Es gab ihr zusätzliche
Sicherheit, dass Antje neben ihr war und ihr jetzt die Hand
reichte, an der sie sich ein wenig festhalten konnte. Doch im
Gegensatz zu Antje, die sich selbst deutlich fühlbar zu einer
Serie von Orgasmen ritt, schaffte sie es in diesem Augenblick
nicht, sich ausreichend auf sich selbst zu konzentrieren, und so
beobachtete sie lieber im Spiegel, wie ihre Freundin das Spiel
sichtlich genoss.

Doch Antje schien zu fühlen, dass Kerstin etwas fehlte. „So,
genug gearbeitet, jetzt seid ihr Jungs dran", kicherte sie
schließlich. Die beiden Mädchen legten sich jetzt einfach nebeneinander auf den Rücken und fassten einander an den Händen. Kerstin verkrampfte kurz, als sie bemerkte, dass die beiden Burschen Positionen tauschten und jetzt Thomas sich an-
schickte, sie zu penetrieren. Doch Antje drückte nur ihre Hand

ein wenig fester. Thomas war nicht nur etwas größer gebaut als Günter, sondern auch deutlich weniger zurückhaltend, doch in diesem Augenblick schaffte es Kerstin, ganz loszulassen und Hand in Hand mit ihrer Geliebten das Finale des Abends bis zur Neige auszukosten.

## Georg, Lars, Silke

Samstag Abend. Es war das erste Mal, dass Silke Georg in ihr eigenes Haus eingeladen hatte, er war seit gestern hier. Nach einem späten Frühstück hatte Silke ihm „ihr bescheidenes Reich" gezeigt, wie sie das ausdrückte, und seine Aufmerksamkeit war sofort auf die als Lagerraum genutzte Sauna gefallen. „Funktioniert die noch?", hatte er Silke gefragt. „Keine Ahnung, aber du kannst es gern herausfinden."

Ein paar Schneeflocken tanzten vor den großen Terrassentüren, als die beiden nach dem ersten Aufguss müßig in den beiden Fauteuils lagen, die sich zu Liegebetten ausziehen ließen. Sie hatten sich beide nicht die Mühe gemacht, sich wieder anzuziehen, der Schwedenofen in Silkes Wohnzimmer verbreitete behagliche Wärme. Doch plötzlich zerrissen Schwere Schritte im Flur die Stille, wenig später stand eine hagere Gestalt im unvermeidlichen schwarzen Outfit im Raum: Es war Lars, der zunächst sprachlos und wie angewurzelt stehen blieb, als er die beiden so nackt da liegen sah, als wäre das das Natürlichste der Welt. Was es ja auch war, wie ihm einen Augenblick später bewusst wurde, auch wenn er Mühe hatte, den akuten Anfall von Eifersucht hinunterzuschlucken, den er momentan empfand.

„Moin moin", sagte er schließlich und bemühte sich, sich in Stimme und Tonfall nichts anmerken zu lassen. „Ich hoffe, ich komme nicht ungelegen. Hallo Schatz." Damit beugte er sich über Silke und gab ihr einen Kuss auf den Mund. „Guten Abend Georg", nickte er dann in dessen Richtung. Der hob grüßend die Hand. „'a Abend Lars", sagte er, und er musste sich dazu zwingen, seine Blöße nicht zu bedecken. Auch Silke hatte innerlich zu kämpfen, um äußerlich den Anschein von Ruhe und Gelassenheit aufrechtzuerhalten, als sie ihm mit all der Heiterkeit antwortete, zu der sie noch fähig war: „Hallo Lars. Nein, nein, du weißt, du störst nie. Da du dich nicht angesagt hast, musst du halt damit leben, dass wir dich nicht erwartet haben. Euch beide brauche ich wohl nicht vorzustellen."

Die beiden Männer tauschten kurz Blicke aus. Lars wurde schmerzlich bewusst, dass er es diesmal war, der den „du weißt, dass ich gerade deine Frau gefickt habe"-Blick einstecken musste. Cool bleiben, dachte er, er wusste, wann er die schlechteren Karten hatte. Eine Weile entstand eine peinliche Stille, dann sprach Silke weiter: „Ich fürchte auch, Lars, du wirst heute mit uns beiden vorlieb nehmen müssen, Antje ist mit Kerstin bereits in Wien, Sue und Hendrik sind im Theater, und Doris ist gestern abgefahren. Aber du kannst dich gern zu uns gesellen, Georg hat die alte Sauna wieder flott bekommen, wir testen sie gerade. Georg, du hast doch sicher nichts dagegen?" Georg hob abwehrend die Hand. Aber nicht doch, „Lars und ich sind alte Freunde, und es wäre nicht die erste schöne Frau, um die wir gemeinsam buhlen." Silke und Lars lachten befreit, irgendwie schien damit das Eis gebrochen. „Na dann zieh dich mal um, Lars, du weißt, wo du Badetücher und einen Bademantel findest, wir warten noch so lange auf dich."

Eine Viertelstunde später saßen sie bereits wieder zu dritt in der heißen Saunakabine. Silke musste innerlich schmunzeln, dass die beiden Männer nahezu die ganze Vorschwitzphase damit zubrachten, einander zu versichern, dass der jeweils andere wohl viel mehr Erfahrung beim Aufguss habe und man ihm gern den Vortritt lasse. Schließlich beendete sie die Debatte mit den Worten „ihr beiden wisst aber schon, wessen Sauna das ist? Und jetzt seid beide mal fein still, wenn euch eure Frau ordentlich einheizt. Mal sehen, wie lange ihr beiden auf der obersten Bank aushaltet." Damit stellte sie sich nackt, wie sie war, an den Saunaofen, genoss die begehrlichen Blicke der beiden Männer, die jeder ihrer Bewegungen folgten, und begann einen Aufguss, der jedem professionellen Saunacoach zur Ehre gereicht hätte. Die beiden Männer saßen stumm und vornübergebeugt auf der obersten Stufe, doch keiner wollte der erste sein, der hinunterrückte. Silke schmunzelte innerlich, Testosteron blieb nun einfach Testosteron. „So, genug", sagte sie schließlich, „ich will euch beide ja nicht schon jetzt überfordern." Damit griff sie sich ihr Saunatuch und verließ die Kabine. Die beiden Männer folgten ihr Richtung Garten.

„Geil, absolut geil." Silke stand mit weit ausgebreiteten Armen einfach auf dem ungedeckten Teil der Terrasse und genoss das angenehme Kitzeln, das die Schneeflocken auf ihrer erhitzen Haut verursachten. Sie beobachtete kichernd, wie die beiden in die nasse Wiese hinausliefen – sie selbst verspürte keinerlei Bedürfnis danach – eine Weile herumtollten wie halbwüchsige Jungen und dann begannen, einander mit nassen Klumpen aus den paar Bröseln Schnee zu bewerfen, die mittlerweile im Gras liegen blieben. Was den weiteren Verlauf des Abends und der Nacht betraf, hatte sie ihren Entschluss bereits gefasst, also sah sie den beiden noch eine Weile zu und rief dann: „Ich gehe jetzt mal duschen, seht mal, dass ihr beiden da draußen nicht einfriert." Damit drehte sie sich um und ging ins Badezimmer und nutzte die Zeit, sich erst kalt, dann lauwarm abzuduschen und ihr Haar frisch aufzustecken.

Als die beiden Männer schließlich auch geduscht hatten und sich wieder zu ihr ins Wohnzimmer gesellten, wo Silke die beiden in einem locker gebundenen Morgenmantel empfing, hatte sie schon eine Runde Drinks vorbereitet: „Whisky on the Rocks für dich, Georg, Gin Tonic für dich, Lars", lächelte sie, sie selbst hatte sich ein Glas Portwein eingeschenkt. Sie bot den beiden Platz auf der bequemen Sitzecke an und setzte sich zwischen die beiden. „Cheers mein Geliebter", stieß sie mit Georg an, „Cheers mein Geliebter" gleich darauf mit Lars. „Und wer von uns beiden wird heute Nacht der Hanrei sein?", fragte Lars wohlgelaunt, als er mit Georg anstieß. Silke stellte ihr Glas auf den niedrigen Couchtisch, lehnte sich zurück, ihr Bademantel klaffte weit auf, als sich der nachlässig gebundene Gürtel löste. „Muss ich mich da jetzt wirklich entscheiden?"; fragte sie und lächelte dabei verschmitzt. Die beiden brauchten nicht lang, zu begreifen, was sie jetzt wollte. Sie genoss eine Weile die zärtlichen, dann immer fordernder werdenden Berührungen der beiden so unterschiedlichen Männer. „Na dann wollen wir mal, aus dem Alter für Turnübungen auf dem Sofa sind wir wohl alle schon raus." Damit stand sie auf und ging in ihr Schlafzimmer, wo das breite Bett schon frisch bezogen auf die drei wartete. Doch sehr bald war es an Silke, überrascht zu sein, wie gut die beiden Männer mit der Situation umgingen und ihr eine unvergessliche Nacht mit ihren zwei Liebhabern bereiteten.

„Und was fangen wir jetzt mit dem gemeinsamen freien Tag an?", fragte sie beim gemeinsamem späten Frühstück. Von der gestrigen Spannung zwischen den beiden war mittlerweile nichts mehr übrig, doch Silke wollte das ungeschriebene Gesetz nicht brechen, solche Nächte am nächsten Morgen unkommentiert zu lassen. Sie wäre schon neugierig gewesen, mehr über die geheimnisvolle gemeinsame Vergangenheit ihrer beiden Liebhaber zu erfahren. Nun, es würde sich schon mal ergeben. „Hmmm, vielleicht ein bisschen raus an die frische Luft? Und später wäre dann vielleicht ein Saunaabend nicht schlecht?"

## Antje

„Habe noch ein Date mit Günter. Wird wohl morgen früh werden." Antje starrte das Display ihres Mobiltelefons wütend an. Das war jetzt das dritte Mal seit ihrem gemeinsamen Clubbesuch. Da half es auch nichts daran zu denken, wie oft sie selbst ihrer Geliebten ganz ähnliche Nachrichten geschickt hatte. Gegen die Eifersucht, die in diesem Augenblick in ihr aufstieg, schien es kein Mittel zu geben. Sie scrollte eine Weile im Adressbuch ihres Telefons herum, doch eigentlich hatte sie nicht die geringste Lust, jetzt irgend einen von den Kerlen anzurufen, nur um sich von ihrer Eifersuchtsattacke abzulenken. Sie würde irgendwann einmal nicht darum herumkommen, sich mit der Veränderung auseinanderzusetzen, die ihre Beziehung zu Kerstin gerade durchmachte.

War es denn überhaupt eine Veränderung? Kerstin war zärtlich, liebevoll und aufmerksam wie immer, vernachlässigte weder ihren Anteil am gemeinsamen Haushalt noch ihr Studium. Sie ging nur halt einfach auch gelegentlich allein aus und machte kein Geheimnis daraus, dass sie diesen Günter traf. Nichts anderes, als was sie selbst, Antje, schon seit Jahren tat. Wie war es eigentlich Kerstin damit die ganze Zeit gegangen? Sie hatte sich die Frage nie gestellt, es einfach als gegeben hingenommen, dass Kerstin ihr treu war, ihre Eskapaden aber widerspruchslos hinnahm. Bis auf das eine Mal mit Hendrik, als der Kerstin sein Herz ausgeschüttet hatte. Das zählte irgendwie nicht richtig, das war ja mehr aus Mitleid gewesen als aus Geilheit.

Diese Gedanken gingen Antje wieder und wieder durch den Kopf, während sie Teelichter am Rand der Badewanne aufstellte, den Wasserhahn öffnete, die Temperatur angenehm justierte, ein paar Badekugeln ins Wasser warf. Sie streifte im Schlafzimmer all ihre Kleider ab, nahm auf dem Weg ins Badezimmer noch eine kleine Flasche Prosecco und eine Sektflöte mit, stellte auf der kleinen Stereoanlage, die oben auf dem Spiegelschrank stand, das Album von Enya ein, das die beiden Mädchen bereits gemeinsam durch die Pubertät begleitet hatte, entzündete die Teelichter, lösche die Deckenlampe und ließ sich in das warme Wasser gleiten. Bald war sie in ihren Gedanken weit weg, sie gab all den Erinnerungen Raum, die sie mit der Frau verbanden, der sie in inniger Liebe verbunden war, die gemeinsamen Erlebnisse, aber auch ihre eigenen, die sie nicht körperlich mit Kerstin geteilt hatte. Es wurde Antje kaum bewusst, dass ihre eigenen Hände begannen, ihren Körper zu streicheln, zu liebkosen, ihre Fingerkuppen bald sachte ihre sich versteifenden Nippel umfassten und ein wenig zwirbelten, bald über die samtigen Innenseiten ihrer Oberschenkel glitten, ihren Bauch, ihre glatte Vulva, bis sie schließlich dem ziehenden Verlangen nachgaben und zärtlich erst ihre Schamlippen, dann ihre Klitoris berührten und sie immer wieder sachte penetrierten. Immer deutlicher fokussierte ihr Bewusstsein auf die zärtlichen Stunden, die sie im endlosen Fluss der auf- und abschwellenden Erregung mit Kerstin verbracht hatte, immer wieder unterbrochen von den Bildern aus dem Club, wo sie hautnah hatte miterleben dürfen, wie sich ihre Freundin unter den Stößen eines Mannes wand … Die Bilder verschwammen, als ihr eigener Körper die Kontrolle übernahm und sich eine Serie von Orgasmen wie Wellen durch ihren Körper ausbreitete, die sie bis in die Haarwurzeln und die Zehenspitzen fühlen konnte …

*

Als sie am nächsten Morgen spät erwachte, fühlte sie bereits wieder die vertraute Nähe der Freundin, ihren Geruch, ihre Wärme, ihren ruhigen Atem. Sie betrachtete eine Weile die gelösten Züge, bevor Kerstin offenbar ihre Gegenwart spürte, die Augen aufschlug und sie mit jenem unwiderstehlichen Lächeln begrüßte, deswegen allein Antje ihr schon rettungslos verfallen war. Sie konnte der Versuchung nicht widerstehen, sich weiter hinunterzubeugen und ihrer Geliebten einen zärtlichen Kuss auf ihre Lippen zu hauchen. Es brauchte keine Worte zwischen ihnen, bald hatten sich beide wieder in ihrem so vertrauten Liebesspiel verloren, das wohl stundenlang weitergegangen wäre, wenn sich nicht beider Blasen immer fordernder zu Wort gemeldet hätten. Schließlich saßen sie einander in der Küche ihrer Wohnung bei zwei Tassen heißem Kakao gegenüber. „Warst du eigentlich eifersüchtig wegen gestern? Tut mir leid, dass das so spontan kam, ich war mit ein paar Kolleginnen aus, wir haben ihn nur zufällig am Spittelberg getroffen", fragte Kerstin schließlich. Antje sah ihr eine Weile in die Augen. „Aber nein, ich habe die Zeit für einen Abend ganz für mich genützt und dabei an dich gedacht, Liebling." Kerstin antwortete nicht, doch beider Hände suchten und fanden einander, berührten einander erst an den Fingerkuppen, bevor sich die Finger ineinander verflochten. Lange saßen die beiden einfach nur so da.

## Weihnachten am Hof

Kerstin fühlte sich wieder in ihre Kindheit zurückversetzt, als sie am Nachmittag des Heiligen Abends alle dicht gedrängt um den Küchentisch saßen. Das Wohnzimmer war an diesem Nachmittag Sperrgebiet. Auch wenn Silke nicht sonderlich gläubig und Kerstin nicht getauft war: Den Glauben an das Christkind, das den Baum und die Geschenke bringen würde, hatte sie ihrer Tochter lange gelassen, und später, als Kerstin dann hinter das Geheimnis gekommen war, war sie es selbst gewesen, die die alte Tradition jedes Jahr wieder aufleben lassen wollte, und so war Silke auch heuer dabei geblieben, als sie sich erbötig gemacht hatte, das Weihnachtsfest für alle auszurichten, die auf dem Hof wohnten. Und so waren sie alle gekommen: Hendrik und Sue, Lars und Doris, Kerstin und Antje, Uwe und seine Braut Birte, und natürlich Georg. Schließlich hatte sich Silke einen Augenblick entschuldigt, und wenig später läutete auch schon das helle Glöckchen, dessen charakteristischer Klang zu Kerstins frühesten Kindheitserinnerungen gehörte. In kindlicher Vorfreude standen also alle auf und strömten in Richtung Wohnzimmer, und plötzlich war Silke wieder mitten unter ihnen („da bin ich ja gerade noch zurechtgekommen"). Einige hatten Tränen in den Augen, als sie die Kerzen auf dem hohen schlanken Weihnachtsbaus brennen sahen, die Wunderkerzen, die ihre Sterne verspritzten, das traditionelle österreichische Weihnachtslied „Stille Nacht" aus den Lautsprechern der Stereoanlage erklang. Sie fassten einander an den Händen und lauschten ergriffen dem Klang des Liedes.

Bevor sie sich dann auf die zahlreichen Geschenke stürzen durften, ergriff Silke das Wort: „Ich bin keine Frau der großen Worte", begann sie. „Aber wenn mir vor einem Jahr jemand vorhergesagt hätte, dass ich heuer in einem so großen Kreis von lieben und mir sehr nahestehenden Menschen Weihnachten feiern werde, dann hätte ich demjenigen wohl kaum geglaubt. Allen voran habe ich Lars zu danken, der durch seine Initiative, die leerstehenden Gebäude des Hofes zu renovieren und damit für so viele liebe Freunde ein neues Zuhause zu schaffen, die räumlichen Grundlagen für unseren Kreis geschaffen hat. Dann Hendrik und Sue, die gemeinsam mit Lars und mir das Experiment einer offenen polyamorösen Beziehung gewagt haben. Wir konnten natürlich damals nicht voraussehen, welch tiefgreifende Veränderungen das vergangene Jahr für jeden und jede von uns mit sich bringen würde: Ich beginne mit Uwe, der nach langen Jahren des Single-Daseins eine Partnerin gefunden hat, die mir nach dem Weggehen von Antje auch in der Reitschule eine Stütze sein wird; Hendrik und Sue, die bald das erste mal Eltern werden und damit den Grundstein für die nachfolgende Generation auf dem Hof legen; unsere lieb gewordene Freundin Doris, die hier fernab von ihrer Rolle als Dichterin Donna ein Zuhause, einen Ort der Ruhe und Kraft gefunden hat; meine Tochter Kerstin und ihre Freundin Antje, die nach einer Zeit der Suche und Orientierung nach Wien gegangen sind und dort ihr Studentinnenleben genießen; Freund Lars, der in Doris wohl ebenso die Liebe seines Lebens gefunden hat wie ich in Georg, dem ich dank Doris auf ihrer Housewarming Party begegnen durfte. Doch bei aller Veränderung freut es mich, dass wir es geschafft haben, die polyamoröse Bindung nicht nur zu erhalten, sondern zu stabilisieren und zu festigen. Und so fordere ich euch jetzt auf, dass wir noch kurz innehalten, einander an den Händen nehmen und einen Kreis um den Weihnachtsbaum bilden, um es auch für jeden und jede einzelne von uns unmittelbar spürbar zu machen."

Es dauerte eine kleine Weile, bis sich der Kreis geformt hatte, eine Weile standen sie einfach wortlos um den Baum herum, bevor Silke schließlich weitersprach. „Danke, dass es euch gibt." Georg, der rechts von ihr stand, verstand und sprach ihr nach: „Danke, dass es euch gibt." Das Wort lief reihum, bis schließlich Kerstin, die zur Linken Silkes stand, den Satz als letzte wiederholte. „Aber jetzt haben wir alle schon Hunger, ich möchte mich noch besonders bei Antje und Birte bedanken, die es übernommen haben, uns ein köstliches Menü rund um die traditionelle Weihnachtsgans zu bereiten. Ich bitte euch alle zu Tisch."

Es ging bereits auf Mitternacht zu, als das Abendessen schließlich beendet und alle Geschenke ausgepackt und ausgiebig bewundert waren. Die Gespräche begannen zu zerflattern, einige gähnten schon herzhaft, und so blickten alle erwartungsvoll auf Silke, als diese ein Tablett mit kleinen Tassen voller schwerem, heißen Gewürzwein herumreichte, die letzte für sich selbst behielt und noch einmal das Wort ergriff: „Liebe Freunde", begann sie und wartete, bis Ruhe eingekehrt war. „Liebe Freunde, ich möchte euch allen danken, dass ihr es möglich gemacht habt, den Heiligen Abend im vollständigen Kreis unserer Gemeinschaft zu verbringen. Doch es ist spät geworden, daher lade ich euch ein, noch gemeinsam einen Schlummertrunk zu nehmen, bevor wir dann die Nacht mit demjenigen Menschen verbringen, den wir als unsere primäre Beziehung gewählt haben. In diesem Sinne noch einmal: Auf unser Wohl, auf unseren Kreis, und danke, dass es euch gibt." Damit hob sie ihre Tasse, wartete das vielstimmige „Danke, dass es euch gibt" aus der Runde ab und trank dann mit langsamen Schlucken den warmen süßen Wein. 20 Minuten später hatten sich dann alle verabschiedet, und Silke ließ es dankbar zu, dass Georg sie einfach in seine Arme schloss und mit den Worten: „So, für heute

hast du genug gestaltet, jetzt bin mal ich dran" in das große gemeinsame Schlafzimmer führte, in dem schon ein frisch bezo-
genes Bett auf die beiden wartete.

# Epilog

## Ein Frühsommermorgen an der Ostsee

Silkes flachsblondes Haar flog in der frischen Brise, die von der Ostsee her über das flache Land wehte. Der Wind brachte das dürre hohe Gras zum Rascheln, das oberhalb des feuchten Sandstrandes den Streifen Küste bedeckte, den sie auf dem Rücken ihres Hengstes Darius entlang galoppierte. Die Hufe des Tieres hinterließen deutliche Abdrücke im feuchten Sand, als es scheinbar immer dem Schatten verfolgte, den die eben in ihrem Rücken aufgehende Sonne auf den menschenleeren Strand warf. Es war kühl, Silke fröstelte ein wenig in ihren Denim-Shorts und ihrem dünnen weißen T-Shirt, das sich über ihre noch immer mädchenhaft festen Brüste spannte. Sie liebte das geile Gefühl, als die Kälte und die leichte Reibung des Stoffes ihre Nippel steif und hart werden ließ.

Silke zügelte Darius in einen flotten Trab, als sie das Pferd auf einen schmalen Pfad lenkte, der vom Strand ins Landesinnere führte. Sie hielt sie sich mühelos im Sattel, als es den kurzen Anstieg über die Böschung nahm und dann entlang eines schmalen Kanals am Rain einer üppiger bewachsenen Wiese weiterlief. In der Ferne tauchten die verstreuten Gebäude des weitläufigen Gehöftes in der ansonsten einsamen Landschaft auf. Silke verschwendete keinen Gedanken an das Reiten und ließ ihren Blick über die raue, karge Landschaft ihrer Heimat schweifen. Sie liebte den frühen Morgen, sie liebte das spezielle Licht, in das die Morgensonne die alten Bäume und die ebenso alten Gebäude tauchte.

Spontan lenkte sie das Tier von dem schmalen unbefestigten Weg, der in einer weiten Kurve zum Hoftor führte, nach rechts in die Wiese und trieb es wieder in den Galopp, quer über das hohe Gras und auf die niedrige Hecke zu, die das Areal des

Hofes vom umliegenden Land abgrenzte. Mühelos nahm der Hengst den Sprung und landete zwischen zwei alten Obstbäumen auf der Wiese, die hinter einem der Nebengebäude lag, dem ehemaligen Verwalterhaus. Sie zügelte das schwitzende Tier zum Schritt, tätschelte seinen Hals und ließ die Zügel dann lang hängen.

Viel hatte sich hier auf dem Hof verändert, seit vor eineinhalb Jahren Sue und Hendrik und dann später Donna eingezogen waren. Aus ihrer Beziehung zu Lars hatte sich schrittweise der offene polyamore Kreis entwickelt, in dessen Kern für sie mittlerweile ihre Beziehung zu Georg stand, der ihr wie ein Fels in der Brandung den Halt und die Sicherheit gab, nach der sie sich wohl all die Jahre gesehnt hatte. Dass er auch mit ihrer Tochter Kerstin schlief, wenn diese auf dem Hof war, störte sie mittlerweile nicht mehr, schließlich liebte sie beide und ließ sich selbst ja auch nicht einschränken, was die anderen Männer im Kreis betraf.

Als sie auf Darius in den Hof vor den Stallungen einbog, erwartete sie schon Uwe, der Tierpfleger. Der Blick, das Lächeln, mit dem er auf ihr „Moin moin" reagierte, ließ sie angenehm schaudern. Sie erinnerte sich bisweilen gern an die Zeit zurück, als aus diesen Situationen mehr geworden war, doch seit er mit Birte das kleine Häuschen ein paar Kilometer vom Hof entfernt bezogen hatte, war er wie ausgewechselt. Er übernahm die Zügel und hielt das Tier ruhig, während sie sich elegant aus dem Sattel schwang. „Gute Zeit fürs Reiten, nicht wahr", setzte er nach. „Ja, aber jetzt ist es Zeit, noch ein wenig ins Heu zu kriechen", antwortete sie, tätschelte Darius ein letztes Mal den Hals und gab ihm eine Karotte, die Uwe ihr zugereicht hatte. Die beiden tauschten ein Lächeln aus, einen wissenden Blick. Vergangenheit. Während sie es Uwe überließ, das Tier abzusatteln, schlenderte sie ohne Eile in Richtung des Wohnhauses.

*

Hendrik schlug die Augen auf, als er Silke im Flur hörte und sie wenig später in ihr Schlafzimmer kam. Er lag noch so da, wie sie ihn vor eineinhalb Stunden hinterlassen hatten, seine Hände hinter seinem Kopf, mit zwei Seidentüchern am Betthaupt fixiert. Natürlich so, dass er sich im Notfall hätte leicht befreien können, aber wer würde sich schon selbst das geile Spiel verderben? „Moin Moin, Herrin", grüßte er Silke also artig. „Hattest du einen guten Ritt?" „Ja danke, und du? Konntest du noch ein wenig schlafen?"

Sie blickte ihn spöttisch an, während sie aus ihren engen Reithosen schlüpfte. Die zwei Tassen Tee, die sie ihm verabreicht hatte, bevor sie losgeritten war, taten wohl schon ihre Wirkung. „Na, Druck?", fragte sie, als sie ihm die Decke von seinem nackten Körper zog. Sie kicherte, als sie seinen erigierten Schwanz steil in die Höhe ragen sah. „Na so kannst du ja ohnehin nicht pinkeln gehen", stellte sie nüchtern fest, „da müssen wir wohl erst Druck abbauen, nicht wahr?" Sie schlüpfte aus ihrem Slip, legte ihn Hendrik über Mund und Nase, kletterte ohne weitere Umstände auf den nackten Mann und bohrte sich seine Erektion tief in ihren Leib. Sie begann quälend langsam, ihn zu reiten, stützte sich dabei auf seinen Schultern ab, ließ ihr blondes offenes Haar auf seine Brust hängen. „Na, schaffst du es noch einmal?", neckte sie ihn. „Macht dich die Aussicht darauf, was danach kommt, so richtig geil?" Hendrik keuchte bereits. „Ja Herrin", stöhnte er unter dem feuchten, nach Pferd und Frau riechenden Slip hervor. Sie stoppte plötzlich. „Dann kannst du gleich damit beginnen, damit Sue dann auch noch was übrig hat", sagte sie grinsend, ließ seinen Schwanz aus ihrer Grotte gleiten, zog den Slip von seinem Gesicht und setzte sich auf ihn. „Schön brav lecken. Und pinkeln gibt's erst, wenn ich einen schönen Orgasmus hatte." Hendriks Gemurmel zur Anwort war leider vollkommen unverständlich.

Zehn Minuten später, die sich für Hendrik wie dreißig anfühlten, war sie endlich fertig und band ihn los. „So komm, gehen wir pinkeln", sagte sie und folgte ihm ins Badezimmer. Sie wusste, er hasste es, wenn ihm dabei jemand zusah. „Oder ist es plötzlich nicht mehr so dringend? Noch ein Glas Wasser vielleicht?", setzte sie spöttisch nach. Hendrik stand vor dem Becken und wand sich bereits vor Schmerz, als er gleichzeitig versuchte, seine Erektion los zu werden und seine Scham vor Silke zu überwinden. Endlich kamen ein paar Tropfen, bevor sich die angestaute Flüssigkeit endlich in einem starken Schwall Bahn brach. „Na also", sagte Silke, „und jetzt geh, Sue wartet sicher schon auf dich." Damit ließ sie Hendrik stehen und stelle sich seelenruhig unter die Regenwaldbrause.

*

Sue stand am Fenster eines der Zimmer der geräumigen Wohnung im Parterre des ehemaligen Gesindehauses, die kleine Karoline auf dem Arm, und beobachtete unbemerkt das Treiben auf dem Hof. Der Hufschlag des Pferdes hatte sie geweckt, auf dem Silke von ihrem morgendlichen Ausritt zurückgekommen war. Hendrik war nicht da, er hatte die Nacht drüben bei Silke verbracht, was ihr nicht unrecht war, so hatte sie sich auf das Baby konzentrieren und dazwischen auch ein paar Stunden Ruhe für sich finden können. Es würde wohl noch eine Weile dauern, bis er wieder zurück sein würde, sie kannte mittlerweile Silkes Vorlieben. Sie setzte sich also in Ruhe auf das geräumige Ehebett, stillte Karoline, legte sie dann in ihr Babybettchen, wartete, bis die kleine fest eingeschlafen war und legte sich dann auch noch einmal hin.

Als Hendrik wenig später zurück in die eheliche Wohnung kam, führte ihn sein erster Weg ins Badezimmer. Er duschte ausgiebig und spülte sich die Spuren der Nacht sorgfältig vom Körper. Er rasierte sich noch, dann schlüpfte er in seinen Morgenmantel und ging in die Küche. Er nahm noch eine frische Tasse aus der Spülmaschine und drückte einen Kaffee herunter. Mit diesem in der Hand ging er den Flur hinunter in Richtung des ehelichen Schlafzimmers. Er wartete eine Weile an der

Türe, doch Sue schien seine Anwesenheit zu spüren, sie schlug die Augen auf und er fing einen warmen, liebevollen Blick ihrer dunklen Augen auf, als sie ihn bemerkte und mit dem unnachahmlichen Lächeln begrüßte, das er an ihr so liebte.

Er ging langsam in den Raum, stellte die Kaffeetasse auf den Nachttisch auf Sues Seite, beugte sich dann über sie und küsste sie zärtlich auf die Lippen. „Moin moin, Liebling", flüsterte er. „Moin moin, Schatz", kam es zurück. Sue legte ihrem Mann zärtlich die Arme um den Hals. Sie öffnete ihre Lippen leicht, bot ihm ihre Zunge an, bald waren die beiden in einem langen und intensiven Kuss vereint. Hendrik spürte, wie sein Körper mit einer Woge von Begehren reagierte, als Sue einen ihrer Arme von seiner Schulter nahm, den Gürtel seines Morgenmantels löste, mit der Hand zärtlich über seinen Unterbauch streichelte und dann seinen erigierten Penis sanft zu stimulieren begann.

Er schaute ihr kurz in ihre Augen, es brauchte hier keine Worte mehr. Es ließ seinen Bademantel zu Boden gleiten, ging um das breite Bett herum und schlüpfte zu Sue unter die Decke. Ihr warmer nackter Körper schmiegte sich an ihn, ihr Kopf ruhte auf seiner rechten Schulter, als er sie zärtlich umfasste und ihre weiche Haut zu erforschen und liebkosen begann. Zärtlich glitten seine Finger erst über einen ihrer Nippel, der sich unter seiner Berührung augenblicklich wieder zu versteifen begann. Er küsste sie wieder, ließ dabei seine Hand über ihren Busen und Bauch in Richtung ihrer Vulva gleiten, spielte ein wenig in dem sorgfältig getrimmten Büschel des dunklen Schamhaares, das sie wie zum Trotz gegen den allgemeinen Trend zur Totalrasur stehen ließ. Sie spreizte bereitwillig ihre Beine, als seine forschende Hand tiefer drängte und zärtlich über ihre nasse Spalte strich.

Sue räkelte sich eine Weile genüsslich unter seinen vertrauten Berührungen, bevor sie sich ein wenig zu ihm drehte, ihn lüstern ansah und die bereits erwartete Frage stellte: „Na, noch

Lust auf deine Frau?" „Ja klar, immer doch", antwortete Hendrik mit leicht belegter Stimme. „Na dann, du kennst die Spielregeln", sagte sie, und ihre Augen blitzten dabei vor Geilheit und Vergnügen. Hendrik ließ kurz von ihr ab, er wusste, was jetzt erwartet wurde. Er legte sich also bäuchlings zwischen ihre weit gespreizten Beine. Der unvergleichlich intensive Geruch, der ihn augenblicklich umfing, raubte ihm beinah die Sinne. Dennoch begann er ergeben die nassen Spuren abzulecken, die noch an ihren Oberschenkeln, ihrer Vulva und ihrem Schamhaar klebten, bevor sie ihm gestattete, mit seiner Zunge erst ihre Klitoris zu lecken und dann tief in ihre Spalte einzudringen. Ihre Hand lag auf seinem Kopf und führte ihn zärtlich, genoss das gekonnte und geduldige Spiel seiner Zunge, bevor sie ihn schließlich mit den Worten „genug, jetzt fick mich" freigab.

Sie wusste, was er jetzt gern mochte. Sie wartete, bis er auf sie geglitten und zärtlich in sie eingedrungen war. Hendrik war beim Liebesspiel niemals fordernd, auch jetzt waren seine Stöße langsam, er schien ganz darauf konzentriert, ihren, Sues, Empfindungen nachzuspüren und ihr Lust zu bereiten. Sie ließ sich also eine Weile einfach treiben, bevor sie mit ihren Händen nach seinen Nippeln griff und damit begann, zärtlich an seinen Brustwarzen zu spielen. Er begann nahezu augenblicklich, heftig zu keuchen, es war, als würden diese erst zärtlichen, dann ein wenig härteren Berührungen seiner Lust Bahn brechen. Seine Stöße wurden jetzt härter, fordernder, und es dauerte nicht mehr lange, bis das Ehepaar in einem nahezu gleichzeitigen langen und intensiven Orgasmus miteinander verschmolz.

Nachdem Hendrik von Sue wieder heruntergerollt war, lag sie noch lange wortlos in seinem Arm, die beiden spürten einfach der Intimität des gerade Erlebten nach. Es war schließlich Hendrik, der Sue wieder freigab und mit den Worten „Guten Morgen, Liebling, dein Kaffee wird kalt" den magischen Bann der Situation brach. Sue setzte sich auf und nahm einen Schluck. „Zu spät", sagte sie dann, „aber das war es wert, mein Gemahl. Gehen wir dann frühstücken?"

*

Als Silke eine halbe Stunde später zurück in die Küche kam, stellte Uwe gerade seine Tasse in die Spüle und war schon auf dem Weg nach draußen. „Moin moin, Scheffin. Muss Birte mit den Ponys helfen, auf dem Hof wuseln schon zehn Kiddies." „Auch gut", dachte sie, sah ihm kurz nach und setzte sich allein mit dem Kaffee an den Tisch. Es würde wohl bis zum späten Nachmittag der letzte ungestörte Augenblick sein, ein harter Arbeitstag lag vor ihr.

**Von Clifford Chatterley bisher erschienen:**

Clifford Chatterley, Anjas Lernjahre oder Die fünf Stufen zur Amoral

Bod 2020, ISBN: 9783752670875

Clifford Chatterley, Anjas Cuckold oder Die sieben Kreise der Unterwerfung

Bod 2020, ISBN: 9783751957113

Clifford Chatterley, 90 Tage Cuckold. Das Tagebuch eines fast keusch Gehaltenen.

BoD 2019, ISBN 9783741272608

Clifford Chatterley, Virtuelle Begegnungen. 6 Erotische Kurz-
geschichten.

BoD 2020, ISBN 9783751933667

Clifford Chatterley, van Sannenfagg Island. Swinger in der Karibik

BoD 2020, ISBN: 9783752612417 (E-Book)